Charlotte Camp

Glut

der

Hölle

Buch 16   Psycho Thriller

Zum Buch

Es ist kein weiches Kissen, auf dem sie erwachte.
Ein Grab ist es, ein Erdhügel aus dem sie sich erhob,
vage Erinnerungsfetzen, nahmen Form an.
Sie war es, ihre ärgste Rivalin die sie hier verscharrt hatte,
im Glauben, sie getötet zu haben.
Eine skrupellose Hexe in Gestalt eines Engels.
Justins Brut in einem Reagenzglas gezüchtet.
Doch er hatte ein Zombie erschaffen - ein Monster.
Möge sie ihr niemals mehr begegnen.
Ihr erster Blick, galt dem Berge mit dem mystischen Zeitkanal.
Ihn muss sie erreichen, bevor das Unheil seinen Lauf nahm.
Wie und warum bin ich in diese Zeit geraten? Ein Fehler des
Zeitenlenkers, muss mich in diese längst versunkene Zeit
geschleudert haben.
Welche Zeit mag hier wohl sein? Tausend Jahre vor Christi
oder gar noch früher?

Zur Autorin:

In einem kleinen Harzdörfchen, in selbstgewählter Ruhe

und Abgeschiedenheit, widmet sie sich nun ausschließlich

ihrem Hobby, dem Schreiben utopischer Abenteuer Romane

und Mystery - Triller

Bisher erschienene Bücher:

Tor zur Ewigkeit   Band 1
Sternenstaub   Band 2
Am Rande der Zeit   Band 3
Tödliches Verlangen   Band 4
Zwischen den Welten   Band 5
Der Gesichtslose   Band 6
Hinter dem Regenbogen   Band 7
Schwarze Sonne   Band 8
Die weiße Sklavin   Band 9
Satans Erben   Band 10
Satans Rache   Band 11
Herrin der Welt   Band 12
Die verschwundene Zeit   Band 13
Fenster ins Jenseits   Band 14
Wo die Ewigkeit endet   Band 15
Glut der Hölle   Band 16

alle unter: http://www.meine-buch-ideen.de

Inhalt:

Traum

Oder

Wirklichkeit

Aus dem Inhalt des Buches.

Wieder einmal stand ich vor dem Zeitentor und betrachtete
sinnend die magische Höhle, die mein Leben auf solch
unglaubliche Weise durcheinander wirbelte.
Hier sitzt der größte Übeltäter.
Ein Roboter- die älteste künstliche Intelligenz, mit mehr Macht,
als Gott.
Milliarden Jahre alt, einst geschaffen, irdische Menschenwesen
einzufangen, um einen fernen Planeten, der vermutlich längst
erloschen, neu zu beleben. Welches die unzähligen, gefangenen
Wesen in seinem Inneren erklärten.
Der für uns jedoch, den auserkorenen Zeitreisenden gleichsam
Fluch, Elend, doch auch Glück und Erfüllung gebracht hat.
Verflucht sei er. Wie viel Leid wäre mir Ohne ihn erspart
geblieben.
Er ist schuld, dass ich keine Ruhe mehr finde.
Ich könnte und sollte Ihn vernichten, ganz einfach mit einer
Sprengladung... und dann?
Dann bin ich für immer gefangen in einer Zeit, doch welche
Zeit wäre mir die Liebste?
Ich könnte mich nicht entscheiden.

Was hatte ich nur für einen irrsinnigen Traum.

Doch es ist kein weiches Kissen, auf dem ich erwache.

Ein Grab ist es, aus dem ich mich erhebe.

Plötzlich hatte ich es wieder klar vor Augen.

Sie war es, meine Doppelgängerin und ärgste Rivalin, die mir nach dem Leben trachtete und mich hier verscharrte, im Glauben, mich getötet zu haben.

Dieses kleine skrupellose Luder, in Gestalt eines Engels.

Justins Brut, die er im Reagenzglas gezüchtet aus meinen Genen, nach meinem Ebenbild. Wie auch immer es ihm gelungen ist.

Doch er hatte ein Zombie erschaffen und gezüchtet.

Denn schon bald geriet sein Werk außer Kontrolle und mutierte zu einem Monster, einer Mordmaschine.

Möge sie mir nie mehr begegnen.

Noch erschöpft und benommen von meinem todesähnlichen Komaschlaf, kroch ich aus der Erde, stieg aus der Gruft, die mein Grab sein sollte.

Mein erster Blick galt dem nahen Berge, mit der mystischen Höhle – dem Zeitkanal. Alles fügte sich aneinander.

Von dort oben bin ich gekommen und dorthin, werde ich mich eiligst wieder aufmachen, bevor das Unheil seinen Lauf nimmt.

Welche Zeit mag hier wohl sein? 1000 Jahre vor Christi

Geburt? Oder gar früher, wie in meinem Traum.
Wie und warum aber bin ich in diese Zeit geraten und wie hat
alles begonnen?
Jetzt entsann ich mich vage.
Ein Fehler des Zeitenlenkers, muss mich in diese längst
versunkende Zeit geschleudert haben.
So bin ich unwissend in diese Zeit gestolpert.
Doch zur Umkehr blieb mir keine Möglichkeit, denn sie hat
mich sogleich entdeckt und aufs Korn genommen.
Ich sehe noch, wie sie ihre Lanze erhebt und mich anvisiert.
Ich sehe das tödliche Geschoss pfeifend doch die Luft
schießen. Ein höllischer Schmerz am Hals – und die Welt versank.

Ist sie auch engelsgleich, mit ihrem Haar wie Sonnenstrahlen.
Wie lieblich die Augen leuchten, so sieht man ihr die
Grausamkeit nicht an.
Überhaupt geht ein strahlendes Leuchten von ihrer ganzen
Person aus. Die Niedertracht steht ihr nicht ins Gesicht
geschrieben. Eher erscheint Sie wie eine Göttin.
Hat sie sich nicht auch selbst als Göttin und Herrin der Welt
gesehen?
Ich muss schnellstens von hier verschwinden, bevor mein
Liebster auf der Suche nach mir, in diese Zeit gerät.
Die Träume der entsetzlichen, wie auch wundersamen
Geschehen, die unweigerlich abgelaufen wären, außer,
wenn in der Vergangenheit auch nur eine winzige Kleinigkeit
abwich. All das würde wiederrum zum Ausbruch kommen.
So wie diese winzige Abweichung - das unglückliche Betreten

dieser Zeit. Das jedoch darf nicht geschehen. Alles würde sich wiederholen und unendliches Leid über uns bringen.

Mein Gott, dort ist sie, ich sehe sie wahrhaftig.

Sie, mein zweites Ich, die mir gleicht und dennoch ganz anders ist.

Hinreißend schön - von einer exotischen Wildheit.

Eine Sirene, die – die Männerwelt augenblicklich in ihren Bann zieht.

Nun schaut sie sehnsüchtig - verträumt zum Berge empor, als erwarte sie ihn schon - meinen Liebsten.

Nein das ist kein Traum, alles ist wirklich.

Oh Gott, nun hat sie - die vermeintliche Herrin der Welt ihre Todfeindin - mich - auch gesehen, als ich bereits den Hang zu der schwarzen Höhlenöffnung erstieg.

Ihre Gedanken drangen in mein Hirn. Ich konnte mich nicht dagegen wehren.

Verdammt nochmal, sie lebt noch immer. Habe ich dieses verfluchte Weib nicht getötet und verscharrt?

Aber sie entkommt mir nicht. Jetzt werde ich sie endlich durchlöchern, dachte sie grimmig.

Wie damals griff sie abrupt nach ihrem Speer und visierte ihr Ziel am Berge an. Eine vortreffliche Zielscheibe.

Doch ihr anvisiertes Ziel verschwamm vor ihren Augen.

Sie quälte sich nicht mühselig – schnaufend den Hang empor, sie hüpfte – ja sie flog beinahe wie ein Gespenst – huschend, in großer Eile.

Im nächsten Moment schon, hatte sie das gruselige Höhlentor verschluckt. Das Tor der Höhle, welches sie nie gewagt hatte zu betreten, denn niemand ist von dort jemals zurückgekehrt.

Oh ja, ich war in großer Eile, endlich wieder in meine Welt
einzutauchen und all die verlorene Zeit, die vielen Jahre der
Gefangenschaft, all das Versäumte nachzuholen.
Von oben aus dem sicheren Schutz der Höhle, wagte ich einen
letzten Blick hinab und sah wie sie den Speer auf mich zielte,
sah ihn den Weg durch die Luft schießen.
Doch das Höhlentor schloss in diesem Moment.
Buh – das war knapp. Befreit aufatmend, noch immer mit
bibbernden Knien, trat ich Minuten später wieder aus der
Höhle.
Robby der Zeitenlenker hatte mich sicher in meine Zeit
gebeamt. Auch hier schien die Sonne, die Vögel sangen das
gleiche Lied, die gleiche Luft wehte mir ins Gesicht.
Doch alles war anders. In der Tiefe zu meinen Füßen, wo ich
mich eben erst durch die Wildnis kämpfte, bot sich mir ei
gänzlich anders Bild.

3000 Jahre hatte ich in wenigen Augenblicken überwunden.
Kein Urwald, sondern die blühenden Obstbäume meines
Gartens, breiteten sich unter mir aus und belebten meine
Sinne.
Oh wie lange habe ich diesen großen Moment herbeigesehnt.
Ich mochte schreien – jauchzen im Überschwang der Gefühle,
der Erlösung aus den Krallen des Teufels.
Noch konnte ich mein Glück kaum fassen.
Beschwingt schwebte ich meinem neu geschenkten Leben

entgegen. Während sich in meinem Hirn, die vielen erlebten
Bilder, wie ein Horrorfilm abspielten.
Sollte es den Rotbart, diesen Knuddelbären, der mich so viele
Jahre nicht aus seinen Fängen ließ, wirklich geben?
Oder war das alles gar nicht wirklich geschehen und spukte
nur in meinem Kopf. Wie aber sollte das in meinem Kopf
spuken, wenn es gar nicht geschehen ist? Grübelte ich.
Nun, jetzt jedenfalls, habe ich rechtzeitig die Reisleine
gezogen. Was aber wäre geschehen, wenn wir nicht
gesprungen wären in den sicheren Tod.
Womöglich würde ich für Ewig in der kühlen Erde ruhen
und längst zu Staub verfallen sein. Denn mich kann es ja nur
einmal zu gleichen Zeit geben. Alles hatte einen
Zusammenhang, reihte sich aneinander.
Während ich vor Aufregung und freudiger Erwartung bebend,
einen Schritt vor den anderen setzte. Schon sah ich unser
Haus durch die Bäume schimmern.
Nur ein paar Meter noch.
Gleich werden mich die starken Arme meines Liebsten,
zärtlich umfangen, würde mich das Funkeln in seinen Augen
verzaubern, nach so langer Zeit der Trennung.
Ich begann zu laufen, konnte diesen köstlichen Moment nicht
mehr erwarten.
Ungestüm stieß ich das Hoftor auf und stürmte atemlos in den
Garten. Ein Schild hing neben dem Eingang:

Die Praxis ist vorrübergehend geschlossen!
Blind vor Tränen pochte ich an die verschlossene Haustür.

Doch statt meines Liebsten, eilte mir Jonny, unser Diener
und Hausmeister aus der Tiefe des großen Gartens entgegen.
„Oh die wehrte Frau Gräfin beliebt es, uns nach ihren
Abenteuertrips, mal wieder aufzusuchen," brummte er mit
leisen Vorwurf in der Stimme. „Doch der Graf ist ebenfalls
noch nicht wiedergekommen, ja ich bin in größter Sorge,"
fügte er, achselzuckend hinzu.
Meine große Euphorie zerplatzte wie eine Seifenblase.
„Aber Jonny, hast du denn alles vergessen? Du warst doch
dabei, hast doch all die unglaublichen Geschehnisse
miterlebt," sprudelte ich verständnislos hervor und konnte
meine Tränen nicht mehr zurückhalten.
„Ja - weiß Gott, ich habe „Sie" eure infame Doppelgängerin
mit eigenen Augen gesehen! Oh - ich glaubte gar, sie hätte
euch, aeh - nun, sie hätte euch getötet. Doch nun sehe ich euch
quicklebendig. So seid ihr also wohlbehalten wieder
zurückgekehrt. Aber warum dauerte es so lange, was habt ihr
nur die vielen Jahre getrieben?"
„Das ist alles woran du dich erinnerst?" Fragte ich fassungslos.
"Hm - Ja - wenn ihr mich so fragt, so muss ich zugeben,
ich hatte einen grässlichen quälenden Traum, der mir so reell
und lebendig erscheint, mich immer und immer wieder jede
Nacht heimsucht und aus dem Schlaf schreckt, bisweilen auch
 am Tag überkommt und mich erzittern lässt. Alles war so echt,
als wäre es wirklich geschehen."
„So sag schon, was träumte dir?"
„Es war so entsetzlich, dass es mich bis heute verfolgt.
Ich sehe eine wilde Räuberbande, die unser Lager erstürmte.

Ich sehe Tod und Verderben, sehe schreckliche Schandtaten der mordrünstigen Schlächter. Oh – ich war feige, dachte nur an mein eigenes Wohl.

Ich konnte mich rechtzeitig in Sicherheit bringen und durch die Flucht in den Zeitkanal mein Leben retten. Doch ich fand keine Ruhe mehr, denn ich hätte euch doch beschützen müssen. Zudem plagte mich mein schlechtes Gewissen und trieb mich zu dem Ort des Grauens zurück. Immer und immer wieder, stieg ich mit prallgefülltem Rucksack in den Zeitkanal. Doch Robby, der Zeitenlenker konnte die Zeit nicht mehr finden. Ich gelangte in alle möglichen Epochen der Weltgeschichte.

Ich erlebte die Eiszeit, herrje, war das ein trostloser Anblick. Doch das Ärgste war der Eintritt in die Steinzeit. Oh was ich dort sah – dass Grauen steckt mir noch in den Knochen.

Dort taten sich Abgründe der Menschheit auf. Wilde Bestien, in Fellen gekleidet, stürmten mir mit langen Holzspeeren, mordrünstig entgegen. So war ich genötigt, sie m t gezielten Gewehrsalven abzuknallen, wie tollwütige Hunde.

Ein gruseliger Totentanz, der mich in Panik fliehen ließ.

Und dennoch gab ich nicht auf und startete einen letzten Versuch.

Doch das einzige wahre Jahr, in welches ich zu gelangen strebte, fand ich nicht mehr.

So glaubte ich am Ende, einem utopischen Traumgebilde erlegen zu sein.

Ich zweifelte bisweilen an meinem Verstand, gab schließlich die irrsinnigen Versuche auf und zwang mich, all das zu vergessen, wie einen Alptraum.

Doch all das spukte noch lange in meinem Kopf herum.

Nun habe ich meine innere Ruhe und mein Gleichgewicht
wiedergefunden. Jetzt kommt ihr und behauptet...
wühlt alles wieder auf, was ich längst als Hirngespinste
abgetan hatte.

Ach Gott – ich bin inzwischen ein alter Mann, der seinen
Lebensabend in gewohntem Gleichklang verbringen möchte,
bis der Herrgott mich ruft.

Wenn doch der Graf endlich kommen würde," fügte er grimmig
hinzu.

„Ja, wenn er nur endlich kommt. Doch nun sind wir
wenigstens zu zweit. Zwei verirrte Seelen die sehnsüchtig
warten." Ergänzte ich, nickend.

Doch anstatt geduldig zu warten und all die Annehmlichkeiten
der neuen Zeit gebührend zu genießen und auszukosten, zog
es mich, erlebnishungrig, unwiderstehlich in die alte Zeit zurück.

Ich wollte zunächst nur schauen, was sich indessen getan
hatte, im Tal am Berge vor 3000 Jahren.

Täglich machte ich mich auf den Weg durch den Zeitenkanal.

Doch auch ich konnte die gewünschte Zeit nicht wiederfinden.

Es sollten noch viele Wochen vergehen bis – mein Liebster
eines Tages wohlbehalte wieder vor mir stand.

Ich schwebte vor Glück. Mein Herz machte Freudensprünge.

Die Welt stand still, als wir uns endlich wieder in den Armen
lagen. Die triste Zeit des Wartens, verwandelte sich in
berauschende Glücksmomente.

„Warum kommst du erst jetzt, was hat dich so lange

aufgehalten, Liebster?"

„Nun, ich habe sie alle gesehen und kennengelernt, nach und
nach. Den machthungrigen Schultheiß, den Richter und auch
mit dem jungen Grafen - dem redseligen Amadeus, meinem
Vorfahren, habe ich Freundschaft geschlossen.
Sie alle schwärmen von dir und vermissen dich sehr.
Doch dein Giesbert ward nicht mehr gesehen. Mit Sicherheit
ist er in den Flammen verbrannt und geistert jetzt als Skelett
herum. Ha – ha. Und du – bist du auch brav hiergeblieben,
oder hast du in deiner ewigen Unrast, während meiner
Abwesenheit wieder törichte Alleingänge unternommen?"
„Wovon sprichst du, was redest du für einen Unsinn!
Das alle war um 13 Hundert. Soll das heißen?... Aber nein,
das kann nicht sein." Verwirrt suchte ich nach Worten,
die ungeheuerliche Erkenntnis ignorierend, stammelte ich:
„Aber weißt du denn nicht mehr - waren wir nicht zusammen
gefangen in dem grässlichen Camp am See, wohl 3000 Jahre
vor dieser - unserer Zeit? Du hast doch mit mir so fürchterlich
gelitten."
„Nein Schätzchen, du täuschst dich, ich komme zwar soeben
tatsächlich vom See und habe mit Entsetzen die scheußliche
Brandruine gesehen. Du weißt ja, dass das Schloss
niedergebrannt ist. Du selbst hast es ja auch gesehen.
Obwohl ich mir nicht sicher bin, auch in der tiefen Zeit ein
schreckliches Martyrium durchlebt zu haben. Ich kann es mir
nicht recht zusammenreimen. Doch ich muss gestehen,
auf meinem Ritt zurück von der Ruine am See, peinigten mich
merkwürdige Wachträume, als hätte ich sie wirklich erlebt.

Aber wann sollte das alles geschehen sein?

So waren es dennoch grässliche Begebenheiten, fürwahr sehr reell, die mich befielen und niederdrückten.

So höre: Wir saßen in der Tiefe der Vergangenheit fest. Ich konnte dich nicht mehr erreichen, du warst mir genommen. Ein entsetzlicher Albtraum!"

Du ahnst also nur vage was geschehen ist, doch es ist wirklich geschehen," wisperte ich mit brüchiger Stimme. Oh wenn du alles wüstest, was ich unglaubliches erlebt habe. Es war fürchterlich, mich mit der Gefangenschaft abzufinden, die mich schier erdrückte."

„Ja das war es wohl," bemerkte er beiläufig, als beträfe es ihn nicht selbst.

„Doch nun fand ich dich wohlbehalten hier vor und alles ist gut," fügte er ungerührt hinzu.

„Ja – jetzt ist alles gut." Bestätigte ich.

Doch ich konnte die lange Zeit in Gefangenschaft nicht so einfach abtun und vergessen wie er. Oder war es gar nicht so schlimm?

Mir kamen die ersten Zweifel, als ich mich die folgenden Tage und Wochen allein und mit viel Zeit zum Grübeln wiederfand.

Denn Günter hatte umgehend seinen Dienst an den Kranken, der ihn voll in Anspruch nahm, wiederaufgenommen.

Ist es mir nicht immer gutgegangen, unter der Obhut, nun ja der eisernen Hand, meines Behüters, dem urigen Rotbart? Überlegte ich.

Doch kann es nicht sein, dass ich all das nachfolgende Geschehen, durch meine rechtzeitige Flucht, selbst wenn sie später erfolgte, vereitelt, also im Nachhinein ausgelöscht habe und es gar nicht stattgefunden hat? Obgleich ich es erlebt habe?

Ich muss Gewissheit finden, ob es die Schauplätze und vor allem die Personen meines Drangsals wirklich gibt.

Somit konnte ich meine heimlichen Trips in die Vergangenheit keinesfalls aufgeben.

Doch sie brachten nicht den gewünschten Erfolg. Denn immer wieder fand ich in dem Lager, in dem ich einst lebte, fremde Gesichter vor, die mir erschrocken zunächst, dann ehrfürchtig staunend entgegen starrten – mir, der ungewöhnlichen Gestalt, die in ihrem plötzlichen Auftreten und der Erscheinung - in feinsten Gewändern wie aus Feenhaaren gewebt, aus himmlischen Höhen zu ihnen herab schwebte, einer wahrhaftigen Göttin gleich. Niemals hatten sie eine leibhaftige Göttin von Angesicht geschaut.

Sie warfen sich demütig vor ihr in den Staub.

Alles Unbegreifliche nimmt Form an, entsteht und gedeiht geheimnisvoll unter dem dunklen Mantel der Magie.

Doch was tat die Göttin?

Sie hob nicht die Arme um sie zu segnen, ließ nicht ihr Antlitz wohlwollend auf ihnen ruhen.

Nein – nichts dergleichen geschah.

Sie sahen, wie sie zögernd - enttäuscht den Kopf schüttelte, sich unwillig umwandte und den gleichen Weg, den sie gekommen war, wieder zwischen den Bäumen – in die Höhe entschwand. Was Unverständnis und Enttäuschung bei ihnen zurückließ.

Ich wollte nicht mehr - nie wieder als Göttin angesehen
werden, das war auf die Dauer zu anstrengend, wusste ich aus
früherer Erfahrung.
Meine Enttäuschung, nicht die erwünschte Zeit vorgefunden
zu haben, war nicht geringer als die ihre. Wie aber sollte ich
die gewisse Zeit wiederfinden?
Ich musste die Vergangenheit gründlicher erforschen, denn es
geschieht, was geschehen ist und geschehen muss.

So führte ich ein geheimes Doppelleben, von dem Keiner
wusste, außer vermutlich Jonny, der mich argwöhnisch
musterte, wenn er mich durch das Hoftor entschwinden sah.
Eigentlich hätte ich happy und zufrieden sein müssen, mit
meiner neugewonnenen Freiheit und dem geordneten Leben.
Doch die Ungewissheit und innere Unruhe, trieb mich,
mein altes Leben wiederzufinden. Sei es auch nur als
Zaungast, aus sicherer Entfernung, mit der Möglichkeit
jederzeit, mich bei drohender Gefahr ungesehen zurückziehen
zu können.
Stets musste ich auf der Hut sein, meiner Todfeindin nicht zu
begegnen. Denn im Dorf der alten Zeit, ist auch der
Entstehungsort meiner künstlich gezüchteten
Doppelgängerin. Selbst wenn das Labor, in dem sie entstand
noch nicht, oder nichtmehr vorhanden war, so konnte sie
dennoch hier herumgeistern – ihr Unwesen treiben und mir
aus tiefster Abscheu, wie immer nach dem Leben trachten.
Von einem Pfeil oder gar einer Lanze durchbohrt zu werden,
war gewiss nicht in meinen Sinn.

Gleichwohl versäumte ich keine Feier der Neuzeit, die es mir
ermöglichte als Ausgleich, mein Leben voll zu genießen.
So wie ich einen enormen Nachholbedarf hatte, im großen
Einkaufscenter der Neuzeit meinen Bedarf, alles so lange
Vermisste, wie selbstverständlich erwerben zu können.
Alles war so leicht – mühelos und unkompliziert zu erreichen.
Ich brauchte nicht mehr zu frieren. Im Winter wärmte uns die
Zentralheizung auf Knopfdruck. Ich brauchte kein Feuer
mühevoll zu entfachen. Kein erstickender Qualm, der zu
Husten reizt und den Kopf vernebelt, um nur etwas Wasser
erhitzen zu können. Wo hingegen hier nur ein Schalter am
Elektroherd genügte und der heiße Backofen röstete,
ein - sich wie von Geisterhand, drehendes Hähnchen.
Ebenso die Mikrowelle, die mir jeden Tag erleichterte, sowie
Computer und Fernseher zur angenehmen Zerstreuung.
Und nicht zu vergessen, der Komfort des schicken Wagens,
der in der Garage auf uns wartete.
Gleichwohl war all das gewiss nicht üblich um die
Jahrhundertwende um 18 - 19 Hundert. Denn durch unsere
Fähigkeit, nicht nur die Vergangenheit, sondern ebenso die
Zukunft aufzusuchen, konnten wir mühelos alle
Errungenschaften des 21. Jahrhunderts erlangen.
Das Auto jedoch zu mobilisieren, hatte uns viel Mühe und
Kraft gekostet.
Denn es war uns nur möglich, selbiges in Einzeltei en zu
transportieren und mit Hilfe des findigen Tüftlers – Justin,
mühsam, hier wieder zusammen zu bauen.
Zudem war unsere Freizeit mit allerlei Kurzweil und

Vergnügen ausgefüllt. So waren es die häufigen
Feierlichkeiten auf dem Schloss – Günters Onkels, dem
unumstrittenen Herrscher über unseren Landkreis.
Der Onkel, der in Wahrheit sein Ur – Urgroßvater war, was
der allerdings selber nicht wusste und nie erfahren würde.
Das Schicksal hatte die beiden einst im Jahre 1849
zusammengeführt. Als Günter nach der Ermordung seiner
jungen Familie 1969 zermürbt und vergrämt, fluchtartig den
Schauplatz des Grauens verließ und sich wie ein einsamer
Wolf auf Wanderschaft begab. Er suchte Zuflucht in der
Einsamkeit der Berge, in denen er sich auspauern konnte,
bis zur totalen Erschöpfung, um vergessen zu können.
Dort in schwindelnder Höhe, fand er eines Tages zufällig die
mystische Höhle, den Zeitkanal – das Tor zur Ewigkeit, wie er
es fortan nannte.
So schritt er ohne es zu wissen in eine andere frühe Zeit.
Er kannte das Gebiet, doch alles war so anders.
Sein ungeheuerlicher Verdacht bestätigte sich, als er nach
einem beschwerlichen Marsch, das Schloss seiner Vorfahren,
welches gleichermaßen sein Geburtsort, nur 120 Jahre später
war, erreichte. Das jedoch geschah 40 Jahre vor dieser Zeit.
Dort allerdings, wie überall zu der Zeit, benutzte man noch
immer die Kutsche von Pferden gezogen.
Auch wir besaßen solch ein Gespann, in welchem Günter
täglich seine Krankenvisiten unternahm, wenn er über Land
fahren musste.
Durch seine sagenhaften Heilerfolge, dem Wissen und der
Erfahrung der fortschrittlichen Zeit, waren wir allseits bekannt

und hoch angesehen. Der stattliche Doktor und die reizende
Frau an seiner Seite. Günter mein Gatte, der Graf, der als
einziger seiner Sippe, nicht dem Müßiggang frönte und oft nur
Unverständnis und Kopfschütteln seiner Blutsbrüder
hervorrief.
Alles lief bestens und in geordneten Bahnen. Dennoch war ich
nicht zufrieden mit meinem Los, wie es hätte sein sollen.
Etwas fehlte, doch was war es?
Bisweilen dachte ich, ich hätte mit Justin, dem Urermüdlichen
und Eroberer, wie er selbst gern sah, gehen sollen, um eine
neue reine natürliche Kultur zu gründen.
Die Menschheitsgeschichte neu zu schreiben und alle Fehler
der unersättlichen Menschen meiden. Doch den Gedanken
verwarf ich schnell wieder. Denn welch ungeheuren
Kraftaufwand und Nervenbelastung würde es kosten,
abgesehen von den Gefahren, die uns stets lauerten.
Selbst der mächtigste Herrscher konnte jederzeit von
Neidern bekämpft und vernichtet werden, in den Wirren
der unkultivierten Zeit, der ständig herumziehenden
Räuberbanden.
Hier hingegen war ich wohl geborgen unter dem Schutz des
mächtigen Grafen, dem Oberhaupt der Region. Der nicht nur
über das Schloss, sondern darüber hinaus, über eine
beachtliche Gemeinde von Untertanen herrschte.
Auch wenn eine alte Fehde zwischen uns schwelte, die ich
nicht vergessen konnte, nahm ich die Gesellschaft der
gräflichen Verwandten freizügig an und sonnte mich für ein
paar Stunden im Glanz der Elite.

Heute sollte ein großes Fest stattfinden. Die Verlobung einer
der zahlreichen Töchter des alten Grafen, zu der uns die
gräfliche Nobelkutsche, samt Kutscher in Livree
herausgeputzt, geschickt wurde. Fand ich es auch recht lästig,
mich dementsprechend herausputzen zu müssen, so gebot
mir unser Stand, mich dem Anlass gemäß zu präsentieren.
So stand ich vor dem Spiegel und plagte mich, die
ungewohnten glitzernden Ohrgehänge anzulegen.
Ich zupfte mein langes seidenes Kleid zurecht, während
Günter schon ungeduldig hinter mir stehend, mit Eifer, mein
widerspenstiges, langes Haar bürstete.
„Heute werde ich dir keinen Zopf flechten," lachte er
„trag es locker, nur von ein paar Spangen gebändigt.
Oh wie entzückend du wieder aussiehst. Du wirst wie immer
die Schönste sein und den Saal zum Strahlen bringen."

Der Saal erstrahlte auch ohne mich.
Auch wenn das elektrische Licht noch nicht Einzug gehalten
hatte. So erwartete uns ein prunkvoller Festsaal von tausend
Kerzen erstrahlend. Der unbeschreibliche Duft und Glanz der
sich in glitzernden Lamellen der Kristalllüstern widerspiegelte
und vervielfältigte, vermittelte eine überirdische Atmosphäre,
die mich immer wieder ergriffen machte und zu Tränen
rührte.

Ich fühlte mich wie am Hofe König Ludwigs des Sonnenkönigs.
Wozu die vielen herum eilenden Hausmädchen in Häubchen
und Spitzenschürzchen noch beitrugen.

10 Tage später schon, fanden wir uns zum größten Fest des
Jahres, dem Erntedankfest wieder ein. Das Fest - nach dem
Plagen und Schinden - dem Einbringen der Feldfrüchte des
Getreides und der Heuernte, fand auf dem großen Innenhof
statt. Wo sich auch nach dem alten Brauch, die
Dorfbevölkerung vergnügte. So war es nicht steif und
gehoben, sondern locker und ausgelassen.
Ein Ochse drehte sich am Spieß über der Glut, köstlichen Duft
verströmend. Wobei eine Kapelle, lustige Weisen zum Besten
gab.
Ein jeder der Anwesenden, war in irgendeiner Weise mit dem
Schloss verbunden. Waschfrauen, Dienstmädcher, Knechte,
Feldarbeiter, Ammen und nicht zuletzt - Hebammen und
Kindermädchen.
Bald wurde nach dem Takt der Musik gesungen und
ausgelassen getanzt. Die Holzschuhe klapperten rhythmisch
auf dem Pflaster.
Das protzigste Ereignis des Jahres jedoch, war die
Silvesterfeier, zu der die gesamte Prominenz vom Hochadel,
bis zum Bankdirektor, Fabrikanten und strebsame
Emporkömmlinge der Region zusammentrafen.
In Putz und Pomp kaum zu überbieten.
Mit Musik, Tanz und als besonderen Clou - mit Kostümierung.
Wobei die Endtarnung nach Mitternacht, zum Höhepunkt
des Abends gehörte.
Die Tische bogen sich unter erlesenen Speisen. Es wurde so
üppig aufgetragen, das ein ganzes Dorf davon satt geworden
wäre. Welch eine Sünde, angesichts der Hungernden unter

ihnen. Denn wie überall, gab es auch hier die armseligen
Katen der Armen, deren einziger Reichtum in der Anzahl ihrer
Kinder bestand.
Man sollte die Reste der übriggebliebenen Speisen an die
Bedürftigen verteilen, denn ich wusste, dass sie nicht zuletzt
den Schweinen - um Fett anzusetzen, präsentiert wurden.
Es ist kaum zu glauben, wie herzlos die in Völlerei
Schwelgenden, mit ihrer Umwelt umgingen, empörte ich mich
in Gedanken und vergaß es sogleich wieder.
Als ein merkwürdig verkleideter Gentleman, verwegen als
Raubritter getarnt, sich tief vor mir verbeugte.

„Darf ich zum Tanz bitten - holde Edeldame -
Schönste aller Schönen?"

Günter, mein Gatte, der sich mit einer seiner Nichten übermütig
im Tanz drehte, bemerkte nichts davon.
So erhob ich mich schmunzelnd und ließ mich willig in die
Arme meines Tanzpartners sinken, die mich zaghaft umfingen.
Sein Druck verstärkte sich, wurde besitzergreifend.
Er sprach nicht viel, doch was er sagte, berührte mich und ließ
mich aufhorchen.
 Als er kaum hörbar murmelte: „Endlich habe ich dich gefunden,
mein Sonnenschein.“

Die Stimme und die Art zu reden, kannte ich doch.
Neugierig geworden, begann ich ihn aufmerksam zu mustern.
Doch sein Gesicht war von einem Helm, der bis ans Kinn
reichte und nur die Augen freigab, bedeckt. Doch die Augen
riefen Erinnerungen wach.
Konnte es sein – war das etwa Giesbert, der unsterbliche Sohn
des Fürsten der Finsternis, der keine Ruhe fand und noch
immer auf der Suche nach mir in den Zeiten
herumirrte? Ich sah sein, inzwischen schlohweißes Haar unter
dem Helm hervorquellen.
„Wer bist du - fremder Mann?" hauchte ich, emotional
aufgewühlt.
„Oh du kennst mich gut - mein Weib - dass mich verlassen..."
Doch weiter kam er nicht, denn Günters Pranke auf seiner
Schulter, gab ihm unmissverständlich zu verstehen, dass der
Tanz beendet war.
Unwillig - zögernd, dann mit einer drohenden Geste gegen
Günter, gab er mich schließlich frei und verließ, nicht ohne
einen letzten gequälten Blick zurück auf mich, mit langen
Schritten, hastig den Saal.
„Was war das denn für ein komischer Kauz? Der war mit
Sicherheit kein geladener Gast," mokierte sich der Graf.
„Wo kommt der plötzlich her? Vermutlich hat er sich
unbemerkt eingeschlichen.
 Wer hat den hereingelassen?" bellte er, an den Türsteher
gewandt.
„Nun denn, wie es auch geschehen konnte, so wird es
unserem Vergnügen keinen Abbruch tun! Lasst uns die Gläser

erheben und den kulinarischen und weltlichen Genüssen frönen!" Fügte er gönnerhaft hinzu.

Ja - erfreut euch nur eurer letzten Jahre in Pomp und Gloria, dachte ich.
Ich wusste ja, dass der Hochadel, bald schon untergehen, seine Macht und Herrlichkeit erlöschen wird, wie ein Feuer im Regen. Denn ich kannte alles aus eigener Erfahrung - aus der Zukunft, aus der ich ja kam. Wusste alles über der Untergang, den Verfall und der Zersplitterung des großen Reiches.
Doch dieser kurze peinliche Zwischenfall, beschäftigte mich noch lange und brachte mich zum Grübeln.
Was wäre wenn?...

7 - 8 Jahre oder noch länger, ich weiß es nicht genau, war ich kaum mehr als eine Gefangene des despotischen Hauptmanns der räuberischen Garnison, der mich bei einem mörderischen Überfall auf unser friedliches Lager entführt, besser gesagt, geraubt und seitdem als sein Eigentum betrachtete.
Nahezu ohne Pflichten, Zerstreuung und nützlichen Aufgaben, getrennt von meinem Liebsten, der Willkür meines Kerkermeisters unterworfen, war ich gezwungen, mein armseliges Dasein, in der düsteren fensterlosen Behausung, zu fristen. Ich konnte keinen Schritt ohne die mir zugeteilten Wachen tun.

Während ich heute gedankenversunken den See betrachte. Denn der Zufall ergab es, dass mich genau hier an diesem Ort, nur 3000 Jahre vorher, in die tiefe der Zeit, gezwungenermaßen, mein Weg führte, wo einst meine Gefangenschaft begann.
Gleichwohl fand ich den Landstrich sehr verändert vor.
Denn die Sümpfe vor dem See, die heute nur aus einem schmalen Streifen bestehen, zogen sich noch weit ins Land.
Das Gefühl, das mich erschütterte, als ich erkannte, an welchem Ort ich gelandet war, ist kaum zu beschreiben.
Nun, 3000 Jahre später, nach dem Zeitsprung aus der alten Zeit, aus der ich mich endlich habe befreien können.
Einen Zeitsprung, der so viele Jahre in wenigen Minuten überwand - stehe ich nun staunend am Fenster unserer

Schlafkammer und schaue sinnend über das Land.
Die Gäste der Feier waren längst abgereist und in alle Winde
zerstreut. Während wir noch ein paar Tage hier an diesem so
folgenschweren Ort verweilen wollten, die Seele baumeln
und den Erinnerungen freien Lauf lassen.
„Hier verweilte ich damals so manchen Tag, lange - so lange
bevor das Schloss erbaut wurde.
Ach Liebster, mich quälen noch immer so entsetzliche
Albträume. Oh - ich war so allein und hoffnungslos damals.
Stell dir vor, mir wäre niemals die Flucht aus dieser Zeit
gelungen?"
„Ja auch mich befallen noch jede Nacht diese fürchterlichen
Träume, gab er zu. Doch nun ist alles überstanden. Wir haben
unser neues Leben wiedergefunden, alles ist jetzt gut.
So quäl dich nicht länger mit längst Vergangenem.
Denk nur, in drei Tagen ist unser Hochzeitstag, der zweiten
von 6 Vermählungen, wenn ich mich recht entsinne.
Oh ich würde dich auch ein siebtes und achtes Mal wieder
heiraten, Liebes. Fast 300 Jahre sind wir nun schon in Liebe
verbunden, welch eine lange Zeit wurde uns geschenkt."
Raunte er mir zärtlich ins Ohr und zog mich liebevoll in seine
Arme.
Ein Tag des müßigen Verweilens, ein Tag zu tun was uns
beliebte - der nur uns gehörte. Übermütig wie Kinder,
liefen wir über die verschneiten Wiesen zum See.
Meine Augen suchten die kleine verwunschene Insel im Moor,
auf der ich unzählige - heimliche - verbotene Stunden mit

Justin verträumte.

Doch das tückische Moor, welches sich einst bis weit ins Land ausbreitete, bestand nur noch am Ende des Sees.

Von dem hohen Turm, den Justin damals vor ewiger Zeit, mühevoll unter Einsatz seines Lebens erbaute, von dem ich einen steinernen Koloss erwartete, zeugten nur noch ein Haufen merkwürdiger Felsbrocken, die sich im Wasser verloren.

Vor wenigen Monaten noch, in der anderen Zeit, hatte ich ihn in voller Pracht, gigantisch, in den Himmel ragen sehen.

Mich fröstelte, bei dem Gedanken für immer in dieser alten Zeit gefangen zu sein, während meine Gebeine längst zu Staub zerfallen sind.

„Du musst loslassen Liebes. Betrachte das, als einen bösen Traum, aus dem wir erwachten. Das Leben wird uns noch viel Schönes bringen." Beruhigte mich Günter, dem meine Gefühlwallung nicht entgangen war.

Der alltägliche Trubel im Schloss, die immerwährende Geschäftigkeit des großen Haushaltes und später bei Tisch, inmitten der munter schwatzenden Großfamilie eingewebt, ein Teil all dessen zu sein, ließ mich wieder aufleben und meine trübe Stimmung vergessen.

Am nächsten Tag brachte uns die Nobelkutsche des Grafen wieder zu unserem Haus am Berge, in unser geordnetes Leben. Der gewohnte Alltag nahm uns wieder in seine Fänge.

Meine innere Unruhe jedoch, trieb mich immer wieder durch

das Zeitentor. Doch ich erlebte nur eine Endtäuschung nach der anderen.

Es gelang mir nicht mehr die richtige Zeit zu finden, die mich nicht losließ.

So stürzte ich mich aus Frust und unerfüllter Sehnsucht in das sprudelnde Leben der Gegenwart.

Rauschende Feste auf dem Schloss als Ausgleich.

Zunächst konnte ich gar nicht genug des ungewohnten Schlaraffenlebens im Luxus bekommen. Doch die Euphorie hielt nicht lange an. bald schlich sich ein Gefühl des Überdrusses ein. Meine Unzufriedenheit wuchs.

Das Selbstverständliche - die Normalität um mich, wofür wir haben kämpfen müssen, all das was mühelos zu erlangen war, hatte seinen besonderen Reiz verloren. Paradoxerweise hegte ich mehr und mehr den Wunsch, ausschließlich wie damals, von dem zu leben, was ich selbst geschaffen hatte. Doch der Reiz der Angebote war zu verlockend.

Dennoch begann ich mich zu langweilen. Wie es so ist, wenn man alles hat.

Warum sollte ich nicht zu Abwechslung auch mal den entgegengesetzten Weg einschlagen und einen Tr p in die ferne Zukunft wagen? Bei nüchterner Abwägung der Gefahren, die mich möglicherweise erwarteten, konnte nichts im Vergleich mit den Barbaren, unter denen ich mich einst behaupten musste, mithalten.

Doch damit hatte ich eine gefährliche Lawine losgetreten.

Alle Warnungen Justins verdrängend, machte ich mich alsbald auf den Weg in das 22. Jahrhundert, im Glauben, in das pulsierende Leben der Neuzeit einzutauchen.

Bereits nach den ersten Schritten in die Zeit, bemerkte ich anstelle des gewohnten Einkaufscenter, diverse Gebäude, die Tierzuchtanlagen glichen.

Staunend registrierte ich die neue Situation, die sich meinen Augen bot. Das hatte ich mir nicht vorgestellt. Augenblicklich wollte ich umkehren, um eine spätere Zeit zu wählen.

Laute Stimmen, die barsche Befehle bellten, erregten dann doch meine Aufmerksamkeit.

Männer in derben Overalls trieben Vieh und - oh mein Gott, Menschen, die angstvoll dem Zwang widerstrebten, in die umzäunten, stallähnlichen Gebäude.

Um besser dieses skurrile Treiben verfolgen zu können, löste ich mich, ohne es zu bemerken, aus den schützenden Büschen und begab mich in die Gefahr, gesehen zu werden.

Im Näherkommen gewahrte ich, ich mochte es nicht glauben, doch er war es in Person, der lauthals sich Gehör verschaffend, hervortrat. Er wirkte in dem Gewimmel wie der Oberboss, zwischen den hartgesottenen Kerlen.

Was um Himmelswillen geschiet hier?

Plötzlich hielt er inne. Er hatte mich gesehen und strebte mir freudig - grinsend entgegen.

„Oh Carla, Schätzchen, ich hoffte, dass du eines Tages kommen wirst. Siehst du nun, dass ich nicht übertrieben habe?"

„Aber Justin, was tust du hier? Ich sehe Unglaubliches, was mich entsetzt. Wie ist es möglich, dass wir uns nach tausenden von Jahren unter Milliarden Menschen immer wieder über den Weg laufen? Ob in der Stein - oder Computerzeit!"

„Nun das ist Fügung des Schicksals, so soll es sein", antwortete er schmunzelnd und hieß mich mit ausgestreckten Armen willkommen.

Doch bei sich dachte er hämisch: Ach das Naivchen glaubt an Zufall oder gar Fügung des Schicksals. Natürlich habe ich Robby den Zeitenlenker manipuliert, so dass sie automatisch genau in diese Zeit gerät.

Doch laut sagte er: "Ja ist das nicht unglaublich. Das wir uns immer wieder begegnen - ist vorbestimmt, denn wir sind es, die zusammengehören. Hast du das noch immer nicht begriffen? Und was mein Hiersein betrifft, so bin ich nicht zufällig hier, denn ich habe meine Lebensaufgabe gefunden!"

„Was sagst du da - aber wolltest du nicht von Grund auf die Welt verbessern?"

„Das habe ich noch immer vor, nur auf eine andere Art. Außerdem, was schert mich mein Gefasel von Gestern!"

So war er schon immer, dachte ich zurückblickend. Sprunghaft mit immer neuen Ideen im Kopf. Das war gewiss kein Zufall oder Fügung des Schicksals, dass ich ihn hier antraf, denn mit Sicherheit, hatte er wohlweislich hier am Fuße des Zauberberges seine Versuchsanstalt aufgebaut. Ein Ort, an den ich unweigerlich gelangen musste. wenn ich aus dem Zeitkanal trat.

Alles Berechnung von ihm, ging es mir durch den Kopf, während er weitersprach: „Eine verdammte Ewigkeit, habe ich dem undankbaren Volk geopfert. Die törichte Menschheit

ist nicht zu belehren und zu ändern. Denn ich habe nur
erreicht, das alle Maßnahmen, wie Aufklärung und Verzicht,
dem Wahnsinn, die Erde zu zerstören, noch viel früher
beginnen wird. Mit dir als Stütze und umsichtiger Beraterin an
meiner Seite, wäre alles anders abgelaufen. Du hättest mir
Kraft, die nötige Abwägung und Durchhaltevermögen
gegeben, mich gestärkt, diesen Nerven aufreibenden Job zu
Ende zu führen und mein ehrgeiziges Ziel zu vollenden.
So blieb mir letzten Endes nur, direkt in die Zukunft
einzuwirken.
Nachdem ich so viele Jahrhunderte meine ganze Kraft und
Energie vergebens vertan. Aber glaub nicht, dass mir keine
Zeit für gewisse Vergnügen blieb. Denn in der langen Zeit
hatte ich dreißig Ehe - und noch mehr Nebenfrauen.
Doch mit der Zeit, gleicht eine der anderen. Ist die eine auch
laut und ungestüm, die andere eher sanft und bedacht, so
war doch keine wie du. Keine hat mich wie du immer aufs
Neue fasziniert und betört, keine wie du in meine Seele
schauen können. Keine interessierte, wie ich fühle und...“
„Ach Justin, verlier dich nicht in unsinnige Schwärmereien.
Das ist jetzt unrelevant. Du bist zwar ein brillianter
Rhetoriker, doch erzähl mehr von der endlos langen Zeit,
wie sich alles zugetragen und verändert hat - bis jetzt.
Mein Gott, was musst du alles erlebt haben!“
„Ha - mein schlimmstes eingreifendstes Erlebnis war deine
Falschheit. Das hat mich zutiefst getroffen und umgeworfen.
Du hast mich ja ganz schön reingelegt, mich aufs
schändlichste getäuscht und hintergangen, du verwerfliches

Frauenzimmer. Wie hast du mich nur so täuschen können.
Ich verstehe das nicht.
Ich selbst habe euch springen sehen, in die Tiefe - in den
sicheren Tod!" fuhr er fort. „Nun stehst du quicklebendig in
gewohntem Liebreiz und unzerstörbarer Schönhe t vor mir,
als wäre all das nicht geschehen. Mein Gott, wie kann man nur
so umwerfend, erregend, betörend - keusch und sündig
zugleich aussehen!"
Ich überhörte seine übertriebenen Schmeicheleien und kam
auf den Kern.
„Oh es ist wahrlich geschehen und gleichsam auch nicht.
Aber das alles zu erklären, sprengt den Rahmen, du würdest
es doch nicht verstehen. Viel mehr brenne ich auf deine
Erlebnisse!"
„Nun, um ehrlich zu sein, muss ich gestehen. Ich habe etliche
Jahrhunderte übersprungen, nach der Enttäuschung, nichts
weltbewegendes erlangt zu haben.
Meine Neugierde trieb mich zunächst in das Jahr Null unserer
Zeitrechnung.
Denn so viel ich auch gesehen und erlebt habe, wollte ich mit
eigenen Augen und wachen Sinnen, das große Tamtam,
um die legendäre Person und die Geburt Christi, die wahren
Umstände und sein Wirken mitzuerleben.
Was ist dran an dieser Legende, die uns bis heute bewegt."
Hier machte er eine vieldeutige Pause.
„Nun, es gab tatsächlich einen hochbegabten Wunderknaben,
der nicht in die Zeit zu passen schien.
Ehrlich, heldenhaft und vorausschauend. Ich muss zugeben,

ihn umgab tatsächlich so etwas wie eine Aura,
ein unerklärliches, besonderes Flair. Um nicht zu sagen,
der berühmte Heiligenschein.
Weis Gott ein Heiliger in seiner Bescheidenheit und Würde.
So war er dennoch ein Weltverbesserer, ein Rebell seiner Zeit.
Ein Prediger, wenn sein eigentlicher Beruf auch Zimmermann
war.
Wir hätten uns zusammentun sollen um gemeinsam zu
wirken. Denn du wirst es nicht glauben, ich habe ihn selbst
gesehen und kennengelernt. Ich habe mit ihm geplaudert
und Probleme gewälzt. Er hätte mein Freund werden können,
wenn alles anders gelaufen wäre.
Welch ein erhebendes Gefühl war es ihm die Hand zu
schütteln, ihm freundschaftlich auf die Schulter zu klopfen,
nach einem ernsthaften Gespräch unter vier Augen, bei einem
Becher Wein.
Gleichwohl hatte er, der als Gottes Sohn und Erlöser
angesehen, keine Ahnung,dass er als Held - Märtyrer und
Rebell - als hochgejubelter Heiland - Freund der Armen und
Gebrechlichen, einst in die Geschichte eingehen würde.
Doch als Freund der Armen und Kämpfer für die
Gerechtigkeit, machte er sich auch viele Feinde
und vergrämte somit die Oberschicht, um König Herodes,
welche wiederum ihre Macht bedroht sah.
Bald begann es zu brodeln, man trachtete ihm nach dem
Leben. Doch seine vertrauten Gefolgsleute, ließen ihn fast alle
in der Not im Stich und wechselten auf die andere Seite.

Mit dem Wissen, was nun bald folgen würde, machte auch
ich mich schleunigst aus dem Staub. Ich hätte es nicht ertragen,
ihn am Kreuz genagelt zu sehen." Beendete er achselzuckend
seinen Bericht.
„Wow - das alles willst du erlebt haben? Bei dir weis man nie
ob du von Tatsachen berichtest oder dir nur alles zusammen
reimst. Denn auch ich habe die Bibel gelesen." Sagte ich
und versuchte in seinen Augen die Wahrheit zu erkennen.
Doch ich erntete nur einen tiefgekränkten Blick von Justin.
„Nun gut, ich will es glauben, doch erklär mir jetzt, was dieser
Wahnsinn vor meinen Augen zu bedeuten hat?"
„Ja du siehst hier vor uns, mein Forschungsinstitut.
Es ist äußerst kompetent, erfolgreich und vielversprechend.
„Nun ja, mit mir als Professor und Leiter versteht sich,"
betonte er, augenzwinkernd.
„Meine alten Aufzeichnungen und Berechnungen, die ich in
diese Zeit gerettet habe, waren mir sehr von Nutzen für den
Anfang. Jetzt allerdings, können wir größere Erfolge
verzeichnen. Ich weiß, dass du damals danach gesucht hast,
in der Hoffnung die Formel für das Rätsel der Gene, für das
ewige Leben, in den Händen zu halten.
Damals als ihr mich so brutal enteignet und abserviert habt.
Doch die Formel war verschlüsselt. Keiner außer mir konnte
sie entziffern und den Code knacken!"
„Ach was du nicht alles zu wissen glaubst," bemerkte ich,
kleinlaut. Denn ich hatte diesbezüglich ein schlechtes
Gewissen.
„Doch nun erkläre mir verständlich - dieses ungeheuerliche

Verfahren dessen Zeuge ich wurde. Wie soll ich das begreifen, zumal ich es zutiefst verabscheue, menschliche Wesen ihrer Freiheit zu berauben".

„Du wirst es begreifen, denn im Namen der Wissenschaft, züchten wir zudem auch längst ausgestorbene prähistorische Tiere, wie etwa zwei späte Klein – Saurierarten und gewisse Nutztiere. Ebenso die legendären Maos und..."

Er zählte eine endlose Reihe von längst ausgestorbenen Kreaturen auf, tat sich als Retter der Vergängnis hervor.

Er redete wie ein endloses Band, bis mir der Kopf schwirrte.

Indes wir mittlerweile auf einer Bank - einer Campinggarnitur mit Tisch, Platz genommen hatten.

„Das ist ja alles recht bemerkens und lobenswert, aber was haben die eingefangenen, bedauernswerten Menschenwesen damit zu tun? Oh je - ich sehe wie sie in einen Stall - wie ein Tiergehege getrieben werden. Ich höre sie angstvoll schreien. Was soll das? Gebiete den Wärtern auf der Stelle Einhalt!"
Erboste ich mich unbeherrscht.

„Ach - das sieht schlimmer aus, als es sich für einen Laien darstellt. Diese Wesen sind allemal nur Abschaum der Gesellschaft, verblödet und verkommen. Kaum das man sie noch als menschliche Individuen bezeichnen kann.

Sie vegetieren am Rande der Existenz.

Ihnen wird es hier bessergehen, als in den Löchern, in denen sie hausen!"

„Ach wie die wilden Tiere, die man ihrer Freiheit beraubt, mit der Begründung sie fortan gut versorgt zu wissen.

Doch das sind keine Tiere denen es genügt, sich satt zu essen.

So stellt sich mir die Frage: Wozu das alles?"

„Bah - was weist du denn schon von der neuen Welt,
dem Kampf und der Übermacht der Giganten, um die
Alleinherrschaft, Intrigen, Manipulationen und...
Ach was rede ich noch. Ich sehe, du willst nicht verstehen
worum es geht - schade."

„Nein - weiß Gott nicht. Doch du tust ja doch, was du glaubst
tun zu müssen. Also spar dir weitere Erklärungen.
Ich ahne schon längst, was bei dir abläufst."
Fügte ich resignierend hinzu.

„Doch ich will keinen Unfrieden stiften. Lass uns in Frieden
auseinandergehen. Es ist besser, wir sehen uns nicht mehr."

„Nein - geh noch nicht, lass uns in angenehmerer Atmosphäre
speisen und über weltliche Dinge plaudern, solange es deine
kostbare Zeit erlaubt. Mein Koch ist ein wahrer Meister
kulinarischer Genüsse."

Ganz Gentleman, verneigte er grinsend sein Haupt und führte
mich in seine komfortable Unterkunft, in der wir mit
auserlesenen Speisen bewirtet wurden.

„Ich sehe, dir geht es gut, du erstrahlst noch immer in
betörender Schönheit.
Na? noch immer verliebt in den selben Mann - oder?
Doch dein Strahlen ist nicht echt, etwas stimmt nicht mehr.
Du bist unzufrieden - von Unruhe getrieben. Oh ich kenne
dich besser als du glaubst.
So weis ich auch, dass du wiederkommen wirst - zu mir, denn
ich glaube die große Liebe zu ihm ist verglüht im Laufe der
Jahrhunderte - verpufft. Ja jedes Feuer erlischt eir mal.

„Ha - reines Wunschdenken von dir und wenn es so wäre,
würde ich dennoch nicht mit dir gehen! Mit dir zu leben, ist zu
abenteuerlich. Am Ende find ich mich noch in der Steinzeit
wieder oder am Ende der Zeit.

Fürs Erste bin ich bedient, um nicht zu sagen - schockiert.
Doch vielleicht werde ich eines Tages nach dir schauen,"
räumte ich ein. So leb denn wohl mein alter Freund und treib
es nicht zu arg!" Sagte ich abschließend, während ich mich
erhob und umwendete.

Mit einem letzten Blich zurück, auf den Mann, der mein
halbes Leben in guten, doch vielmehr in bösen Zeiten geprägt
und so viel Leid beschert hatte.

Ich sah wie er mir nachblickte, so gespielt verwegen, dieser
verfluchte Kerl, so konnte ich ihm seinen verführerischen
Charme nicht absprechen.

Und dennoch sah ich so etwas wie Trauer in seinen Augen.
Alles wäre aus und vorbei, würde ich nicht wiederkommen.

„Doch wozu sollte ich wiederkommen," rief ich
kopfschüttelnd, als ich den Pfad zu dem Hang hinauf zum
Zeitkanal stapfte. Ich weis nicht ob er es noch hörte.

Seine Augen wie flehend zu mir in die Höhe gerichtet, waren
das letzte, was ich noch sah.

Sie rührten und verfolgten mich bis in den Schlaf. Meine Güte,
was bezweckte er nur mit den Tiermanipulationen, wollte er
etwa? ...

Nachdenklich betrat ich wieder unsere Zeit.

Ich musste zur Ruhe kommen, mich an ein geregeltes Leben
gewöhnen. Der Haushalt und der Garten benötigten meine

Fürsorge. Denn Hof und Garten waren in einem üblen
Zustand.

Mein Gott, hier an eben diesem Platz, an dem ich jetzt stehe
und wirke, nur circa 4000 Jahre verschoben in der Zeit,
hat Justin sein fragwürdiges Imperium aufgebaut.

Alles Berechnung.

So mussten wir uns zwangsläufig über den Weg Laufen,
irgendwann. Die Zeit spielte ja keine Rolle, war relativ.

Unsere Wege würden sich immer wieder kreuzen.

Doch ich wusste aus Erfahrung, dass es nicht gut ausgeht,
wenn wir uns begegnen. Stets hatte ein Zusammentreffen mit
Justin, dem liebenswerten Schurken, mir viel Kummer mit
unabsehbaren Folgen beschert.

Nimmermehr werde ich die ferne Zukunft betreten, nie mehr
weiter als ins 22. Jahrhundert, meinen Fuß setzen.

Wo sich direkt am Berge, unter dem Zeitentor, zu dieser Zeit
des großen Einkaufszenter ausbreitete, welches
zweckmäßiger Weise zu meinem Leben gehört und ich es
noch immer als Schlaraffenland betrachtete.

Nein - nie wieder werde ich zurückkommen, hämmerte es in
meinem Kopf, als ich das Zeitentor passierte und die
Obstbäume zu meinen Füßen in voller Blüte gewahrte.

War ich blind, hatte ich es vorher nicht gesehen?

Hier nur ist mein Lebenssinn, nach dem ich mich solange
gesehnt hatte.

Doch meine Gedanken purzelten durcheinander, Justins
Worte klangen in mir nach.

Was um alles in der Welt, beabsichtigte er wirklich,

mit dem Wiederaufleben der Monster der Urzeit?
Bedachte er nicht wie viel Platz und Nahrung sie benötigten?
Oder will er gar den Anfang der Welt neu erschaffen, dieser
Wahnsinnige!
Was geht in seinem Kopf vor, man müsste ihm beizeiten
Einhalt gebieten. Ich sollte den guten Jonny einweihen.
Im äußersten Notfall - wenn es keinen anderen Weg gab,
müssten wir ihn womöglich töten. Denn erst dann, hatte der
Spuck ein Ende und wir konnten dann getrost in die Zukunft
blicken.
Doch wir sind nicht die Weltrichter. Sah die Zukunft zunächst
auch rosig aus, so lag doch gleichwohl eine verhängnisvolle,
düstere Zeit vor uns, in welcher - in der ersten Hälfte
von 19. Hundert, unglaubliche Gräueltaten geschahen, darüber
hinaus Tod, Verderbnis und verbrannte Erde zurückließen.
Ach welch scheußliche - unsinnige Visionen mich plagten,
als ich unser Haus betrat.
Günter erwartete mich bereits ungeduldig vor der Haustür.
„Die Küche ist kalt, willst du mich verhungern lassen?
Was treibst du nur den ganzen Tag?" Rief er, vorwurfsvoll den
Kopf schüttelnd.
„Ach Gott ja, ich habe ganz einfach die Zeit vergessen.
Alles ist noch so neu für mich. Um ehrlich zu sein, habe ich
vom Berg mit dem Fernglas ins Land geschaut. Ich sah viele
Kutschen und Pferdegespanne. Ich sah die Bauern
und Landfrauen auf dem Felde arbeiten.
Alles ist so friedlich und normal ineinander gefädelt.
Alles läuft nach der Uhr ab. Weiter sah die Postkutsche,

pünktlich wie immer und wusste, es ist Mittag und Zeit,
meinen Aussichtsposten zu verlassen.
Doch dann bemerkte ich etwas unerklärliches oder gaukelte
es meine Fantasie nur vor", spann ich den Faden weiter.
Denn ich sah Männer, rüde Burschen, welche die
Bedauernswerten Kreaturen aus ihren armseligen Katen des
Armenviertels heraus zerrten, zusammentrieben wie Vieh
und abtransportierten." Sagte ich, neugierig auf seine Reaktion
wartend.
„Ach, das kann gar nicht sein, da hat dir deine lebhafte
Fantasie einen Streich gespielt. Vermutlich waren das nur die
Schutzmänner, welche die arbeitsfähigen unter den
Aussätzigen, zu einem Arbeitseinsatz in der neu zu bauenden
Zuckerfabrik abgeholt haben - auf das sie ihr eigenes,
so nötiges Geld selber verdienen können!"
„Ah - ja, alles hat hier natürlich seine Ordnung. Ich muss mich
erst wieder an diese Zucht und Routine gewöhnen.
Du solltest nicht so kleinlich sein. Du weißt doch, ich komme
immer wieder zurück zu dir." Fügte ich, gleichmütg hinzu.
Er nickte und zog mich an sich.
„Ich sorge mich so schrecklich um dich," murmelte er, an
meinem Ohr. „Doch du gehst ja so recht leichtfertg mit
unserem Glück um, so als wäre es dir nicht mehr wichtig.
Hast du unsere schreckliche Zeit der Trennung vergessen?
Ich sah mein Lebensglück solange nur aus der Ferne,
unerreichbar für mich - sah es entschwinden.
Ich hatte dich so lange nicht bei mir, musste euch - dich und
dem anderen verzweifelt zuschauen.

Doch gerade jetzt, wo ich dich endlich wieder habe - wir
wieder vereint sind und alles Glück der Welt für uns pachten
können - glaube ich dich verloren zu haben!"
„Nein oh nein, du siehst es nur aus deiner Sicht,
so dramatisch. Denn es ist immer das Begehrenswerteste,
was einer nicht haben kann. Nun da wir uns wiederhaben,
ist alles alltäglich - banal - ja selbstverständlich." Plapperte ich
unüberlegt.
„So - so, banal, alltäglich und langweilig, willst du unsere
Verbindung nennen. Und wo ist deine nie enden wollende
große Liebe geblieben? Zerplatzt - puff!"
„Nein das darfst du nicht denken. Freilich ist sie noch
vorhanden, doch sie hat sich gewandelt in aeh - in ..."
Mir fehlten die passenden Worte, überfordert, erklären zu
müssen, was ich selbst nicht wusste, brach ich in Tränen aus
und warf mich in seine Arme.
„Oh Liebster, hör nicht auf mein dummes Geschwafel,
ich brauche dich so sehr. Nur mit dir will ich sein."
Schluchzte ich und barg mein Gesicht an seinem Herzen.
Nachdem ich mich herzhaft geschnäuzt hatte, schüttelte ich
mich und hob schmunzelnd den Kopf.
„So komm Liebster, - komm mit mir ins Haus. Ich werde dir
Bratkartoffeln brutzeln mit viel Speck und Zwiebeln, so wie du
sie gerne magst. Und dann werde ich dir beweisen, dass ..."
An diesem Nachmittag hatte er frei.
Wir spazierten wie so oft schon, händchenhaltend durch die
Frühlingswiesen. So wie früher immer.

Doch keine befreiende - belebende und vertraute Plauderei
wollte sich einstellen. Eine bedrückende Schweigsamkeit
erdrückte und lähmte uns. Etwas - nein alles war anders als
früher.

Als wir unser Haus wieder erreichten, bemerkten wir den
Koffer und die Reisetasche vor der Haustür, achtlos abgestellt.
Ein wohlbekannter Wuschelkopf beugte sich grinsend aus
dem Küchenfenster.

„Ich bin wieder da, ach endlich wieder zu Hause.“
Er stürzte polternd aus dem Haus, erschien in der Tür und lief
uns freudestrahlend, entgegen.

Eine feste Umarmung für den Vater. Ein staunender Blick und
viele feuchte Küsschen auf die Wangen für mich.

„Oh Carla du bist wieder hier, bist uns endlich
wiedergegeben. Oh wie ich mich freue. Ich glaubte schon,
ich würde dich nie wiedersehen!“

„Wolfgang - oh Wölfchen - du lebst!“ Hauchte ich mit
versagender Stimme und fühlte vor maßlosem Staunen und
überschäumender Freude, meine Wangen feucht und meine
Knie weich werden.

„Carla - liebste Carla, ich sehe dich völlig verwirrt. Was ist dir,
warum sollte ich nicht leben? Mir geht es bestens“

„Aber ich habe dich doch mit eigenen Augen, von einem
Speer durchbohrt, vor meinen Füßen sterben sehen, dort
unten in der alten Zeit,“ stammelte ich.

„Günter Liebster, so sag doch was geschah, hast du ihn nicht
selbst zur ewigen Ruhe gebettet, hier auf dem Kirchhof,
in heimischer Erde - neben dem Grab seiner Mutter?“

„Ja - mein Herz, ich entsinne mich schwach, gleichwohl existiert kein Grab von dem Jungen. Das war wohl in einem anderen Leben!" Fügte er hinzu und beugte sich nach dem Gepäck. Während Wolfgang mich nachdenklich betrachtete.

Bei einer Flasche Wein, bei der es nicht blieb, berichtete Wolfgang später von seiner erfolgreichen Reise nach Leipzig. Wobei er uns stolz sein nagelneues Doktor Diplom präsentierte.
Er erzählte von seinen Episoden, schmückte sie witzig aus und brachte uns zum Lachen.
Auch die folgenden Tage, sorgte seine muntere, erfrischend unbeschwerte Art dafür, dass meine Unrast für eine Weile ins Stocken kam. Er war jetzt nicht mehr nur ein Doktor der allgemein - Medizin, sondern spezialisiert als Facharzt für Gynäkologie und Frauenhilfe und versah gemeinsam mit Günter die Praxis. Wozu auch Krankenvisiten gehörten.
So fuhr er mit ihm zusammen über Land, wenn es die Umstände erforderten. Und das war leider täglich. Oft sah ich die beiden nur abends, wenn sie übermüdet und gestresst der Ruhe bedurften.
Ich umsorgte sie nach Kräften, erledigte meine Pflichten mechanisch. Dennoch war ich unausgefüllt und leer.

Wieder war es so ein unglückseliger Tag, an dem sich die Termine überschlugen. Eine endlose Liste von Krankenbesuchen nah und fern, die zu erledigen waren, zeichnete sich schon am frühen Morgen ab.

Ich betrachtete unwillig die lange Liste von Namen
und Adressen. Meine Augen blieben an einem mir
wohlbekannten Namen haften: Graf von Elzen.
„Sieh an, der Onkel hat Bedarf an eurer ärztlichen Heilkunst,“
stellte ich fest.
„Nun, er kränkelt doch schon lange, wen wundert's, bei dem
ausschweifenden Lebenswandel, seine Genusssucht nach
üppigen Speisen und hochprozentigen Tropfen,“ betonte
Günter, bedenklich den Kopf wiegend.
Er würde seinen Doktor - Neffen nicht so schnell wieder aus
seinen Fängen lassen, war mir klar.
Der freie Tag morgen, war also damit gestrichen. Ich würde
ihn heut und vermutlich auch morgen vor dem Abend nicht
sehen. So hatte ich endlos Zeit, zu tun was mir beliebte.
Heute bot es sich an, einen Trip zu unternehmen, dachte ich,
als ich allein am Tisch saß.
In aller Eile suchte ich die Zutaten für einen herzhaften
Auflauf zusammen. Schichtete und würzte ihn kräftig, goss
eine Eier - Sahne - Käsemasse darüber und schob ihn in die
Röhre. Während er garte und aufging, kramte ich nach den
letzten Überbleibseln meiner Gewänder aus der alten Zeit.
Ich schnürte sie zu einem Bündel. Denn ich konnte sie
angesichts der wachsamen Augen Jonnys erst nach dem
Passieren des Zeitkanals anziehen. Es würde ihn sehr
verwundern, mich in der antiken Aufmachung vom Hofe
stolzieren zu sehen.
Der Auflauf duftete köstlich. Ich nahm ihn aus dem Ofen und
stellte ihn vor die Mikrowelle. Jederzeit bereit, die hungrigen

Männer zu sättigen. Meine Pflicht war getan.

Längst schon nervte mich die monotone Eintönigkeit der
Routine. Jeder Tag verlief gleich und absehbar.
Waren auch Fernseher, Computer und der allgegenwärtige
Luxus, an den ich mich so schnell gewöhnt hatte, nichts
geändert. Selbst den prunkvollen Festen auf dem Schloss,
war ich überdrüssig. Alles war so übertrieben und sinnlos.
Ganz besonders die pompösen theaterreifen Komödien im
Schloss, wo ich nicht selten einen würgenden lachreiz
unterdrücken musste, bei dem grotesken Aufmarsch der
dressierten Affen. Die Männer, die wie pubertierende Gockel
ihre Bücklinge machten, um von einer Schönen,
Aufmerksamkeit zu erlangen, waren so albern, ja skurril um
nicht zusagen, lächerlich.
„Bah - diese aufgeblasenen Pfauen in steifen Kragen, gab es
zu genüge. Sie imponierten und reizten mich nicht.
Was sollte mir an so einem aufgetakelten Fant, mit einem
prallgefüllten Geldbeutel, doch ohne Muskeln der mich mit
sehnsüchtigen Dackelaugen anstierte, anmachen.
Ein echter Kerl - ein Recke und Beschützer in allen
Lebenslagen, wie mein Liebster, konnte es nur sein.
Doch wovor sollte er mich beschützen?

In Gedanken sah ich mich im Schloss, inmitten des gezierten
Ensembles, dem Tanz der Narren.
Mein Blick wanderte weiter durch den Saal. Ich betrachtete
schmunzelnd die aufgeputzten Weiber in ihren

eingeschnürten Miedern, über voluminösen Röcken, der
Mode entsprechend gerafft und mit aufgebauschten
Hinterteil, wie ein Entenhintern anmutend.
Wobei aus den engen Stehkragen die Hälse wie Gänsehälse
heraus ragten. Hochnäsig gereckt die Köpfe, sich mitleidslos
über die versklavten, ausgebeuteten Dienstboten erhoben.
Luxusgeschöpfe die nie Sorgen und Not kennengelernt, nie
ihre zarten Hände schmutzig gemacht, nie etwas
Nutzbringendes für die Allgemeinheit beigetragen hatten.
Außer reichlich Nachkommen zu gebären - die umgehend den
Ammen und Kinderfrauen übergeben wurden.
Bei einem 15 Stundendienst und Hungerlohn ausgenutzt,
abhängig - den Herrschaften ausgeliefert und somit der
Freiheit beraubt.
Denn wo sollten sie hingehen? Anderswo erging es ihnen
noch viel schlechter. Hier litten sie keine Not. Das Essen war
gut und reichlich. Waren es auch nur Reste, die vom Tisch der
Herrschaften übrigblieben, so erschien es ihnen wie das
Schlaraffenland.
Oh ich wusste auch, wo sie die wenigen freien Stunden
verbrachten. Kannte ihre winzigen, düsteren, zügigen
Verschläge unter dem Dach, kaum größer als ein Schrank,
mit Fenstern so winzig wie eine Postkarte, die im Winter
zufroren.
Oft nur mit einem schmalen Bett, Stuhl und einem Regal
für ihre armseligen Habseligkeiten, ausgestattet.
Während die Herrschaften sich in riesigen Hallen
verlustisierten.

Kein Ofen, an dem sie sich in eisigen Nächten wärmen
konnten. Doch sie kannten es ja nicht anders.
Ach die armen Dinger, die nichts von der Welt wussten.
Doch den Reigen kannten sie seit der Kinderzeit. Wie konnten
sie sich freuen, im einzigen Sonntagskleid, jauchzend vor
Vergnügen, den Tanz mit Musik genießen. Wenn die Röcke
flogen und die Holzschuhe auf dem derben Pflaster klapperten,
sah ich Glück pur in ihren Augen.

Meine Gedanken machten einen Sprung in das
16. Jahrhundert und noch weiter zurück ins 13. Jahrhundert.
So musste ich feststellen: Kaum etwas hatte sich seitdem an
ihrer desolaten Lage geändert.
Um 16. Hundert war es auch, als ich durch ein Zeitenloch,
von einem wüsten skrupellosen Stammesfürsten in die düstere
Unterwelt in das 13. Jahrhundert entführt und später von
seinem aufsässigen, heldenhaften Sohn Giesbert, aus den
Fängen des Wüstlings, der in seinem finsteren, unterirdischen
Reich, als unsterblich galt, befreit wurde und nach einer
endlosen Odyssee in eben dieses Schloss gelangte.
Das Schloss existierte bereits seit dem 11. Jahrhundert.
Wenn es auch noch nicht das gleiche Bild abgab.
Denn das einstmals graue Gemäuer, zierte noch ein tiefer
Wassergraben mit einer Zugbrücke. Und war somit für
feindliche Überfälle uneinnehmbar.
Durch ein Versprechen, meinerseits, im Tausch dafür in das
Schloss meiner Verwandten zu gelangen, jedoch im Gegenzug
zur Hochzeit mit Giesbert genötigt wurde, residierte ich
unweigerlich zur Hausherrin des Schlosses im

aufgezwungenen Mittelalter.

Schnell erkannte ich die erbarmungswürdigen, zum Himmel schreiende Zustände, unter denen das Gesinde geknechtet und ausgebeutet wurde.

Entsetzt und empört hatte ich damals nichts Eiligeres zu tun, als andere Sitten einzuführen.

Doch ich war nicht allein. Die alte feiste Haushälterin, die sich wie eine Gefängniswärterin aufführte, behinderte rechthaberisch mein Tun.

Alle Versuche Giesbert auf meine Seite zu ziehen, misslangen. „Ich mische mich nicht in Weiberangelegenheiten." pflegte er, genervt zu antworten.

Ich tat was in meiner Macht stand, um den Gebeutelten, das Leben erträglicher zu gestalten. Waren es auch nur Kleinigkeiten, so sah ich doch die Freude in ihren Augen.

Wenn zum Beispiel ein jedes der Mädchen das abends nach getaner Arbeit, vor der Nachtruhe einen heißen Backstein aus der Glut des Küchenherdes, in ihre eisigen Schlafkammern mitnehmen konnten, um ihre kältestarren Betten zu erwärmen.

Gleichwohl begegnete ich ihnen freundlich und hatte stets ein offenes Ohr für ihre Kümmernisse. Ebenso senkte ich, gegen die hartnäckigen Einwände der alten Fettel, ihre Dienstzeit um Stunden. Weiter gewährte ich ihnen, einen behaglichen Raum im Haus, für gesellige Zusammenkünfte.

Schließlich gab es mich auch noch, um einen Teil ihrer Arbeit zu übernehmen. Müßigkeit war nicht mein Ding.

Stete Beschäftigung, ließ mich meinen eigenen Kummer

vergessen. Das war 13. Hundert.

Nun saß ich hier auf dem kleinen Felsen, vor dem Tor zur
Ewigkeit und musste feststellen, dass - das Mittelalter noch
immer seine Spuren trug und sich in absehbarer Zeit, nichts
ändern würde.
Doch es lag nicht in meinen Möglichkeiten, irgendetwas daran
zu ändern. Hier und jetzt konnte ich nichts Sinnvolles
bewirken.

Nun ja, die Zeit wird es bringen.
Denn die Zeit war reif - die Zukunft begann und würde bald
zum Umsturz und Veränderung führen.

Unwiderstehlich zog es mich hinaus, nur fort von dieser
ungerechten, verlogenen Monotonie des Daseins.
Ohne rechten Plan und Überlegungen, lenkte ich meine
Schritte zur Höhle, dem Tor in alle Zeiten.
Unschlüssig verweilte ich einen Moment vor dem
Höhleneingang. Welche Zeit sollte ich wählen?
„Ach Robby, mein Freund, bring mich in die Vergangenheit,
du weist am besten welche Zeit ich suche." Sprach ich zu dem
eisernen Roboter - dem Zeitenlenker.
Wie immer glaubte ich ihn wissend, nicken zu sehen.
Das Tor öffnete sich knarrend und ich trat beschwingt von der
Musik, die ich als letzte im Radio gehört und die in meinem
Kopf weiter nachklang, wie im Traum, in die versunkende Zeit.
Nachdenklich setzte ich mich auf den Felsen vor der Höhle auf
dem ich zuvor, meinen Gedanken nachgegangen und blickte

hinab ins Tal.

Anstelle unseres Hauses, breitete sich ein endloser Urwald zu meinen Füßen aus.

Zwischen Bäumen und Gesträuch, duckten sich Stroh - bedeckte Hütten, zwischen denen ich schemenhaft einige Gestalten entdeckte. Ich hörte das Krachen fallender Bäume. Holzfäller verrichteten ihr Werk.

Nach längerem hinsehen, konnte ich die Männer von den Frauen unterscheiden. Meine Aufmerksamkeit richtete sich nun auf die Frauen, die geschäftig das anfallende Kleinholz einsammelten und eifrig forttrugen, um die Feuerstellen zu nähren. Feuer das Lebenselixier.

Versunken in ihrem Tun, richtete keiner den Blick zum Berge. So blieb ich unentdeckt.

Meine Augen suchten nach bekannten Gesichtern, wie etwa das der Circe - Charlene, meiner gefährlichen Widersacherin, die mir nach dem Leben trachtete.

Jedoch konnte ich keine bekannte Person unter ihnen entdecken.

War ich auch nur ein Zaungast, so fühlte ich mich an diesem Tag ihnen zugehörig. Wenn es auch nicht exakt die von mir erwünschte Zeit war, in die ich getreten, denn ich vermutete einen früheren Zeitpunkt, da ich das imposante Steinhaus, sowie den gläsernen Pavillon vermisste.

Vorerst würde ich mein Eindringen in diese Zeit als Zuschauer im Verborgenen bewenden lassen und mich nicht zeigen.

Ich hatte keine Eile.

Doch bald schon würde ich den ersten Schritt in das Tal

wagen. Ich wusste instinktiv, dass mir von den wackeren
Ureinwohnern, keine Gefahr drohte.

Die Zeit als Beobachter wurde mir nicht lang, ich sah alles wie
einen spannenden Film ablaufen. So viele Gedanken an die
Zeit, an der ich unter ihnen verbracht, schwirrten in meinem
Kopf. Denn damals war ich nicht allein.

Ein liebes Gesicht, die stete Fürsorge meines Gefährten,
als wäre er damals ein Anderer, blitzte in meinem Kopf.

Mit Wehmut entsann ich mich der berauschenden
Emotionen, wann immer ich ihn, meinen Begleiter so vieler
Jahre, kommen sah.

Das Leuchten in seinen Augen, das überschäumende
Glücksgefühl, wenn er für mich die Arme ausbreitete und
mich an sich zog. Doch die übersprudelnden Gefühle für
meinen Liebsten, waren abgekühlt, mehr als ich wahrhaben
wollte. Seit er mich damals verließ und es vorzog mit meinem
Double, der Circe Charlene zu gehen, war nichts mehr wie
früher.

Nun ja, er besann sich und kehrte reuevoll zu mir zurück.

Wir rauften uns zusammen, doch unsere traute Zweisamkeit,
währte nicht lange, als wir von einer wüsten Horde überfallen
und getrennt wurden.

All die quälenden Sehnsüchte nach ihm während meiner
Gefangenschaft, waren überwiegend aus Frust und Ohnmacht
erwachsen - waren nur Einbildung - oder?

Während meine Augen und Sinne in das friedliche Geschehen
in der Siedlung unter mir versanken, spürte ich ein

unbändiges Verlangen, unter ihnen zu sein.

Mein Leben war aus den Fugen geraten. Ich wusste nicht mehr, wo ich hingehörte. Doch nun war es höchste Zeit zu gehen.

Noch verspürte ich ein gedämpftes Gefühl der Rührung, als ich wieder meine Welt betrat. Ich freute mich auf ein anregendes Gespräch mit den Männern.

Doch als ich das Haus betrat, war es leer.

Das Essen stand unberührt in der Küche. Vermutlich würden sie erst spät in der Nacht heimkehren und in aller Frühe, wenn ich noch schlief, schon wieder das Haus verlassen haben, um ihren Dienst wie gewohnt, pünktlich anzutreten. Als ich erwachte, fand ich das Haus wie vermutet, schon wieder leer vor. Frustriert setzte ich mich allein wie immer an den Frühstückstisch. Was solls, mir geht es gut, ich habe alles zur Bequemlichkeit. Musik, Kaffeemaschine und allerlei elektrisches Gerät, das mir auf Knopfdruck das Leben erleichtert.

Doch war es nicht gerade das, was mich paradoxerweise unzufrieden machte und unruhig werden ließ?

Es hielt mich nicht lange im Haus. Robby würde mich in Minutenschnelle, in die andere Zeit befördern.

So machte ich mich unverzüglich auf den Weg, die alte Zeit lockte. Noch hielt es mich auf meinem Aussichtsposten, den Tagesablauf der Dorfbewohner zu beobachten.

Fasziniert von dem, was ich verfolgte, vergaß ich die Zeit.

Im Nu, war der Tag vergangen. Ich eilte in meine Zeit zurück, doch ich kam zu spät.

Günter empfing mich mit grimmiger Miene. Nicht zum ersten
Mal überhäufte er mich mit bitteren Vorwürfen, ihn zu
vernachlässigen.
„Du bist fast nie zu Hause, wartest nicht mehr auf mich,
als hättest du mich vergessen. Was treibt dich umher?
So gib es zu - es ist ein anderer!“
„Aber nein - was du nur denkst. Es ist nur - aeh - die Zeit.
Auch hier ist die falsche Zeit. Ach das verstehst du nicht.“
„Nein, weis Gott das versteh ich nicht. Wir sind doch endlich
wieder zusammen - zu Hause am Ziel unserer Sehnsüchte,
nach dem jahrelangen Herumirren, in der falschen Zeit.“
„Ja du hast recht Liebster, ich bin undankbar. Ich verspreche
dir, in Zukunft...“
„Oh Mann, ich bin noch ganz hingerissen!“ Platzte Wolfgang
in unsere hitzige Debatte.
„Dem Onkel ist eine außergewöhnliche Zucht gelungen.
Die falbe Stute hat gefohlt. Und stellt euch vor, sie hat ein
weißes Fohlen auf die Welt gebracht. Reinweiß, mit einem
Silberschimmer. Eine seltene - echte Schönheit.
Noch nie habe ich solch ein edles Pferd gesehen.
Sie ist mittlerweile schon ein paar Wochen alt und trabt schon
munter neben der Mutter über die Weide.“ Schwärmte er,
in höchsten Tönen.
„Aber wie ich sehe, habt ihr gestritten. Ich sehe es an euren
finsteren Mienen. Was ist nur mit euch?“
„Ja, das ist mir bekannt,“ überging Günter, die heikle Frage.
„Was hältst du davon, Liebes, wenn wir den Onkel demnächst
aufsuchen und die Wunderstute, ausgiebig zu bestaunen.“

„Ja, das sollten wir tun. Doch wir haben eh eine Einladung auf
das Schloss. In 10 Tagen ist die Taufe der kleinen Püppi,
dem kleinen Engelchen, das nicht lange leben wird.
Du weißt doch, sie wird an Leukämie sterben, noch ehe sie das
erste Jahr erreicht.“
„Ach Gott - ja die kleine Püppi,“ sagte Günter, sich nervös die
Haare raufend. Aufseufzend fügte er hinzu: „Sollte ich nicht
mein Bestes versuchen, sie am Leben zu erhalten?
Mit der besten Medizin aus der Neuzeit, müsste es mir
gelingen!“
„Nein das darfst du nicht, wir dürfen nicht eingreifen in diese
Zeit, dürfen nichts verändern.“ Betonte ich, nachdrücklich.
„Was geschehen soll, muss geschehen. Es könnte
unabsehbare Folgen für die Zukunft nach sich ziehen.
Denn es ist für sie nicht vorgesehen - ein Glück mit einem
liebenden Partner mit Nachfolgern. Es gibt keine Zukunft für
sie!“

Der Garten war verwildert.
Es war zu spät im Jahr, um noch etwas zu richten. So blieb mir
zunächst nur die undankbare Aufgabe, das teils mannshohe
Unkraut zu jäten und wenigstens einen Durchgang zu
schaffen. Im Herbst würde ich den Boden umgraben,
um ihn für die Frühjahrsbepflanzung vorzubereiten.
Das brachte mich auf den Gedanken, mich bei meinem
nächsten Trip in die Vergangenheit, mit allerlei Sämereien
und Jungpflanzen, wie Erdbeer, Himbeer und Heidelbeer,
Neuzüchtungen - groß und vollmundig, einzudecken.
Was war nur in mich gefahren?

Kopfschüttelnd verwarf ich meine überspannten Überlegungen. Hier gab es für mich genug zu tun und nachzuholen. Zudem musste ich mein Versprechen an Günter einhalten.

In neuerwachtem Eifer, stellte ich das Haus auf den Kopf.

Ich räumte, putzte, wusch und bügelte. Kurz, ich mutierte wieder zur tadellosesten, braven Hausfrau.

Als die ersten Blätter fielen, grub ich die Scholle um.

Ich kämpfte verbissen, schwitzend gegen den Wildwuchs und gewann schließlich den Kampf.

Ausgepauert und voll in Anspruch genommen, verdrängte ich mein Vorhaben, die alte Zeit aufzusuchen.

Der Besuch des kranken Onkels auf dem Schloss und der anschließende Blick in das Gestüt, hatten mich sehr beeindruckt. Die silberweiße Stute, ging mir nicht mehr aus dem Sinn. Ich träumte von ihr, träumte, sie wäre fortan mein ständiger Begleiter auf all meinen Wegen. Wir harmonierten und sprachen miteinander.

Die Zeit verging.

Mehr als zwei Jahre waren ins Land gezogen.

Doch noch immer fühlte ich mich nur als Gast, denn als heimischer Bürger der konservativen dünkelhaften Gemeinde.

Ein Eindringling umwölkt im Kopf, der mit den Wölfen heulen musste.

Meine Sehnsucht nach der alten wahrhaften Zeit, trieb mich umher. Machte mich mürrisch und verbittert.

Meine Unruhe wuchs ins unermessliche.

Lange schon, plante ich heimlich eine erneute Zeitreise in die Vergangenheit.

Dieses Mal würde ich Nägel mit Köpfen machen. Ich wollte nicht mehr nur Zuschauer sein, sondern ein Teil von ihnen.

Nun ja - nicht ganz. Denn zum Ende des Tages, wollte ich vorerst nicht auf meinen Liebsten, die anregende Gesellschaft und die erbaulichen Gespräche mit ihm und Wolfgang verzichten

Der Onkel litt unter einer unheilbaren Leberzirrhose und an damit einhergehenden Nebenleiden. Er war ernsthaft erkrankt und beansprucht die volle Fürsorge und Aufmerksamkeit meines Gatten.

Immer öfters kam es vor, das Günter, wenn es mal wieder zu spät wurde, auf dem Schloss übernachtete. Auf sein Bitten, begleitete ich ihn gelegentlich, wenn auch selten.

So musste ich den alten Despoten und einstigen herrischen Rechthaber, zusehends dahinsiechen und verfallen sehen.

Jedoch die endlos, sich dahinziehenden Abende und den folgenden Tag, den ich allein auf dem Schloss verbringen musste, waren nicht in meinem Sinn und langweilten mich zu Tode.

Denn mein Günter nutzte den Tag für andere Krankenbesuche, in der näheren Umgebung. Die Alltage auf einem Schloss zwischen den Feiern, waren mit Routine und allerlei notwendigen Arbeiten ausgefüllt, bei denen ich mir überflüssig vorkam.

Die Kids wurden von Kindermädchen versorgt und die halbwüchsigen Söhne, weilten in einem Internat, während die Mütter zwischen den Mahlzeiten, der Ruhe bedurften - auf ihren Schönheitsschlaf bedacht.

Diesen Tagesablauf zu stören, kam einer Sünde gleich.

So zog auch ich mich zurück, verließ das Schloss und marschierte sinnend um den See, tief in Gedanken versunken.

Ich malte mir ein Bild wie es war und wäre, noch immer in der versunkenen Zeit zu leben.

Vor etwa 3000 Jahren, zu eben dieser Zeit, hatte Justin sein phänomenales steinernes Bauwerk hier geschaffen.

Eine burgähnliche Festung mit einem riesigen Turm, überdimensional emporragend, ungewöhnlich für diese Zeit.

Noch immer zeugte ein klotziger Steinhaufen aus Felsgestein am Rande des Sees von seinem Kunstwerk, vor dem ich staunend verweilte.

Nur ich und Günter wussten das merkwürdige Monument - das Zeugnis längst vergangener Zeit, einzuordnen.

Nur wenige hundert Meter entfernt, befand sich einst das

Camp der räuberischen Bande, von dem keine Spuren mehr
daran erinnerten. Denn ihre Zelte und Lehmhütten waren
längst vergangen - vom Winde verweht.
Hier waren wir viele endlos erscheinende Jahre
getrennt - gefangen und in Schach gehalten.
Meine Güte, wie habe ich das nur überstehen können?
Ich als Räuberbraut in der Gewalt, doch gleichsam auch unter
dem Schutz des grausamen, mordrünstigen Barbaren.
Doch rückblickend, war alles in Wahrheit ganz anders,
als es auf den ersten Blick erscheinen mochte.
Denn der Räuberhauptmann zeigte bald auch seine
gutmütigen Seiten. Es dauerte nicht lange, bis er mir, bis zum
Wahnsinn verfiel, mich vergötterte - auf Händen trug, mich
mit seiner krankhaften Eifersucht marterte und unterwürfig
anhimmelte.
Doch nach außen hin, kehrte er stets den herrischen Gebieter
hervor, um sein Gesicht zu wahren.
Ich erkannte, dass er mit dieser neuen Situation nicht klar kam.
Der furchteinflößende, unbarmherzige Herrscher über Leben
und Tod, der hilflos - staunend über sich selbst in dieser
unbekannten Falle feststeckte.
Alles war er bereit zu geben, all seine angehäuften
Reichtümer, seinen Stolz und bedingungslos sich selbst zu
opfern. Doch nur eins konnte und wollte er mir nicht geben:
Die Freiheit.
Seine heißen Blicke sprachen Bände. Noch immer spüre ich
seine verträumten, brennenden Augen auf mir ruhen, am
vorletzten Tag, bevor ...

Wie mag es ihm jetzt gehen? Überlegte ich im törichten
Nachsinnen, als ich meine Schritte dem Schloss zuwandte.
Der Ort wird mich für immer mit ihm verbinden.
Nun sah ich es an der Zeit, den Onkel an seinem Krankenlager
aufzusuchen um ihm Mut und Hoffnung zu zusprechen.
Er hatte sich völlig verändert. Sein Leiden und seine
Hinfälligkeit, hatten ihn demütig, sanft und friedlich werden
lassen.
Er seufzte befreiend auf, als er mich eintreten sah.
Ein Leuchten erhellte sein eingefallenes Gesicht.
„Die Sonne geht auf wenn ich dich sehe. Auch wenn du mir
alten Kerl nur einen lästigen Pflichtbesuch erstattest.
So ist mir dennoch klar, dass du mich im Grunde verachtest.
Obgleich ich gar nicht mehr weis, warum du mir so grollst!
Was war es nur, was dich so gegen mich aufgebracht hat?“
„Nun - du warst ein übler Halunke, ein gewissenloser Intrigant,
ein Verkuppler und oh - ich könnte eine endlose Triade deiner
Schandtaten aufzählen... Ach vergiss es, das zählt nicht mehr,
auch wenn du mich in tiefste Verzweiflung getrieben hast.
Ich habe es überstanden. Das alles ist Schnee von gestern.
Nun musst du nur noch mit deinem Schöpfer ins Reine
kommen. Mag sein, dass er dir dein sündiges Leben vergibt.“
„Hm - du glaubst also, dass es mit mir zu Ende geht?“
„Nun, wir müssen alle einmal sterben, wenn unsere Zeit
gekommen ist,“ räumte ich ein.
„Nimmst du auch brav deine Arzneien? Ich sehe, es ist eine
beachtliche Batterie von Pillen und Tropfen. Wir wollen doch
noch Weihnachten und Ostern zusammen feiern!“

Ich schüttelte sein plattgelegenes Kopfkissen auf, strich ihm
fahrig über die verschwitzte Stirn.
Er räusperte sich verlegen und durchbrach die peinliche Stille
mit den Worten: „Nun - hast du auch einen Blick in die
Stallungen geworfen?"
Ich nickte heftig.
„So hast du sie gesehen - meine prachtvolle Stute.
Hat sie sich nicht prächtig entwickelt?"
„Oh ja - sie ist wunderschön, einmalig in ihrem
Erscheinungsbild - rassig und edel - ein Traumpferd.
Ich muss zugeben, sie gefällt mir ausnehmend.
So ein wundervolles Tier, würde ich gern mein Eigen nennen.
Verkauf sie mir!"
„Oh das kommt gar nicht in Frage." Entgegnete er
kopfschüttelnd.
„Du willst sie mir also nicht verkaufen?"
„Nein, auf keinen Fall."
„Nun gut, dann eben nicht," sagte ich, endtäuscht.
„Ich werde sie dir nicht verkaufen ...
sondern schenken," ergänzte er, nach einer denkwürdigen
Pause.
„Oh - die weiße Stute hast du mir zugedacht?"
„Ja sie passt zu dir. Sie hat ein sanftes Wesen,
Eleganz und Mut in Einem - ist wie geschaffen für dich.
Nimm sie als Wiedergutmachung, in der Hoffnung, dass du mir
nicht mehr zürnst. Ich weis nicht, was ich sonst noch tun kann,
um deine Achtung zurückzugewinnen und ich getrost meinem
Herrgott gegenübertreten kann!"

„Ah - ja, so plagt dich also dein schlechtes Gewissen.
Doch nichts, was du noch tun könntest, wäre ausreichend,
deine Schandtaten aufzuwiegen...
Nun gut, wenn es dich erleichtert, von deinen Sünden
reinwaschen, wird es dich nicht.
Ach, was predige ich für einen Unsinn, schließlich sind wir
doch alle Sünder.
Nun soll es denn wohl sein. So danke ich dir von Herzen
Onkelchen." Fügte ich, ergriffen hinzu.
Ich beugte mich in einer plötzlichen Gefühlwallung, impulsiv
über ihn, drückte ihn überschwänglich und schenkte ihm einen
herzhaften Schmatzer auf die Stirn.
„Oh, du wirst doch wohl jetzt nicht in heißer Liebe für mich
erglühen," grinste er spöttisch, während er sein Glöckchen auf
dem Nachttisch erschallen ließ, um den Stallburschen herbei
zu rufen und Order zu erteilen.
„Sie haben mich gerufen, Herr, was ist ihr Begehr?"
„Die weiße Stute geht in den Besitz der jungen Gräfin
über - Sattle sie!" Befahl er.
„Nun lasst mich allein, ich bin erschöpft und bedarf der Ruhe.
Geh in Frieden und zeig dich ihrer würdig, denn ich brauche sie
nicht mehr auf meinem letzten Weg in die Gruft meiner
Vorväter.

Mein Traum hatte sich erfüllt.

Noch konnte ich mein Glück kaum fassen. Doch mit jeder Wegmeile voran, die ich auf der Stute dahinschwebte, begann die Wirklichkeit, die Illusion zu verdrängen. Ich flog mit ihr davon, kaum, dass ihre Hufe den Boden berührten.

Wir waren Eins, Pferd und Reiter.

Ja - sie würde fortan meine beste Freundin und Vertraute sein. Von nun an würde sie mich auf all meinen Wegen begleiten.

Denn mein Weg führte mich umgehend in eine andere Welt. Ungeachtet der Gefahren, die meiner lauerten, verfolgte ich mein irrsinniges Ziel. Nichts konnte mich aufhalten.

Wie im Fieberwahn, galoppierte ich ungerührt an unserem Anwesen vorbei, verschwendete keinen Blick auf das vertraute Haus mit dem geliebten Garten.

Ich passierte den Zeitkanal und erblickte unter mir die kleine Siedlung am Fuße des Berges, in deren Mitte, oh Wunder, das erhoffte Steinhaus prangte.

Endlich hatte ich die ersehnte Zeit getroffen. Mochte sie auch ein paar läppische Jahre abweichen, so zeugte doch das große Backsteinhaus, welches die Hütten majestätisch überragte, jedoch von meiner einstigen Anwesenheit hier im Tal am Berge, da es kurz nach meiner Ankunft von Justin erbaut wurde.

Oh wie schön wäre es, wenn ich einige meiner alten
vertrauten Freundinnen wieder antreffen würde.
Wie alt die Zeit auch sein mochte, so wusste ich doch,
angekommen zu sein.
Ein Freudentaumel erfasste mich. Vor Aufregung spürte ich
einen wohligen Schauer, mich erfassen - ein Kribbeln bis in die
Fingerspitzen. Ich wagte kaum zu atmen, fürchtete, dass es im
nächsten Moment alles wieder verschwunden sein könnte.
Doch es blieb.
Nur - es rührte sich nichts - zeigte sich kaum Leben.
Das Camp schien wie ausgestorben. Atemlos starrte ich auf
die wenigen kärglichen Behausungen.
Ich setzte mein Fernglas an die Augen. Erst jetzt bemerkte ich,
dass nur noch einzelne Hütten standen. Meine Augen bohrten
sich zwischen die wenigen armseligen Katen, bis ich endlich
einige Bewohner, zwischen den Hütten ausmachte.
Doch keine geschäftige Dorfgemeinschaft, kein gewohnter
Trubel und lebhaftes Gewimmel wie erwartet, bot sich
meinen Augen.
Nur vereinzelte Gestalten, bewegten das Bild unter mir.
Allmählich ahnte ich, was geschehen war. Denn ich selbst
hatte ja die Vernichtung der Siedlung miterlebt.
So traf ich in die Zeit nach dem verheerenden Überfall,
den nur wenige überlebt haben konnten.
Der Neuanfang der verängstigten Übergebliebenen und
Neuzugewanderten, die hier ihr Heil suchten.
Es mochten wohl schon Jahre seit der vernichtenden
Zerstörung ins Land gezogen sein. So sah ich doch mit

Genugtuung, das Wiederaufleben der einstigen
aufstrebenden Gemeinde.

Hier wurde ich gebraucht, konnte mich nützlich einbringen.

Denn ich wusste ja, dass kein erneuter Überfall, die Mühen
der wackeren Siedler, hindern würde.

Zu meinem Erstaunen, nahm die behände Stute den Abhang
sicher, ohne zu straucheln. Ich leitete sie durch das Unterholz,
ohne absitzen zu müssen.

Gleich werden sie mich sehen. Ich zögerte kurz - atmete tief
durch, um für den großen Moment des Aufeinandertreffens,
gewappnet zu sein.

Jetzt sah ich sie aus der Nähe. Frauen - ein Großmütterchen
und deren Enkelinnen vermutlich, saßen geschäftig vor der
ersten Hütte, in Vorbereitung des Mittagsmahles vertieft.

Eine Feuerstelle neben der Kate, rauchte über der Glut.

Das ungewohnte Geräusch der Pferdehufe, schreckte sie aus
ihrer Versunkenheit und ließ sie in ihrem Tun innehalten. Als
sie mich erblickten hoch zu Ross auf einem weißen Pferd, in
wallendem Gewand aus feinsten Mikrofasern, wie aus
Spinnenfäden gewebt, erschraken sie und gerieten in Panik.

Ich erkannte sie sogleich und rief sie bei Namen.

„Lara, Marie und Inga! Ich bin es - erkennt ihr mich denn
nicht?" Sie jedoch, erkannten mich nicht.

Mein Verdacht, den ich nicht wahrhaben wollte, schien sich zu
bestätigen.

Sollte es mich hier nicht wirklich gegeben haben?

Doch die Zeit, die ich hier verbrachte, war offenbar

rückgängig - ausgelöscht, nur erheblich verzögert durch mein
rechtzeitiges verlassen dieser Zeit, im zweiten Anlauf.
Dennoch war alles geschehen und gleichsam um Jahre
verzögert wieder ausgelöscht.
All das war verwirrend und dennoch ergab es einen Sinn.
Bestürzt - mit erschreckender Gewissheit unsäglichem
Bedauern, sah ich sie in ungläubigem Erstaunen, Furcht
und Entsetzen, sich in den Staub zu meinen Füßen werfen.
Ich hätte wissen müssen was nun geschah.
Hätte mich in zeitgemäßen Gewänder kleiden sollen und ...
Gerne hätte ich diese heikle, unwürdige Szene vermieden,
doch nun war es wieder geschehen.
„Oh - Herrin der Winde und der Wolken. So seid ihr die
Wettergöttin. Verschont uns Sünder vor Unwetter und
Missernten. Wir sind schon hinreichend gestrafft,“
stammelte die Alte, ehrfürchtig das Haupt zu mir erbebend.
„Nun - für den Ackerbau und die Ernte ist die Erdgöttin
zuständig, doch ich bin keine von beiden. Kann es sein, dass
eure Götter euch eher Furcht einflößen und ängstigen, als
Zuversicht und Vertrauen zu spenden?“
„Ich hingegen bin gesandt euch zu erlösen von allem Unbill
und euch zu behüten. Ich will euch gewiss nichts Böses.
Ach Gottchen - glaubt ihr ich wäre eine Göttin? Oh nein, ich
bin eine von Euch!“
„Ja - hm - ich weis nicht recht, wir waren noch nie einer
Göttin ansichtig!“ bekannte sie.
„Ich bin eine von Euch, wiederholte ich nachdrücklich.
So erhebt euch wieder.“ Fügte ich hinzu.

„Aber wie könnt ihr eine von uns sein?" Meldete sich ein
junger Mann zu Wort.
„Ich selbst habe euch direkt aus dem Himmel schweben
sehen, auf dem weißen fliegenden Ross!"
„So soll ich also auf demselben Weg wieder verschwinden,
wenn ich euch so viel Furcht einflösse?
Nun - so antwortet!"
„Oh nein, das ist ein Zeichen der Götter!"
Hörte ich eine weitere männliche Stimme aus dem
Hintergrund sich erheben.
„So leiht uns eure Gunst, oh Herrin der Lüfte, schützt uns vor
den Vandalen und bösen Geistern!"
„Das ist meine Absicht, das werde ich gerne tun. Doch sag,
bist du nicht der Hoger, der wilde Bub von einst, der nur
Schabernack im Kopf hatte?"
„Ja der bin ich, aber wie könnt ihr das wissen?"
„Oh, ich weis alles, kenne euch alle ganz genau.
Nur sehe ich sehr wenige von euch. Wie viele sind
übriggeblieben, nach dem grausamen Massaker?"
Ein Gemurre erhob sich, indes sie einen Kreis um mich
bildeten.
„Auch das wisst ihr?" sprach er weiter „So will ich euch
aufklären, was ihr nicht wisst: Sieben Leute vom ganzen Dorf
haben überlebt - nur - die Dame, die im Herrenhaus mit ihren
Kerlen thront - nicht mitgezählt. Denn sie ist keine von uns,
obgleich sie..."
„Ach die spielt keine Rolle," sprach eine junge Frau für ihn
weiter. „Die meidet uns.

Wir waren noch halbe Kinder, damals." Fuhr sie fort.

„Der Zufall wollte es, dass wir uns zu dem Zeitpunkt nicht im Dorf aufhielten. Wir hockten in unserem Baumhaus und spielten, wie alle Kinder gerne spielen: Vater, Mutter und Kind. Als die wüste Horde das Lager stürmten.

So mussten wir von hoch oben Schreckensstar, das Morden mit ansehen."

„Während des entsetzlichen Schlachtenlärms, blieben wir unentdeckt - unbeachtet im dichten Geäst.

Nur vier weitere aus dem Dorf, konnten in panischer Flucht, in die Tiefe der des Waldes entkommen. Zu unserem größten Entsetzen, mussten wir auch noch mitansehen, wie unser geliebtes, schönes Mütterlein, in der Blüte ihres Lebens, gefangen und verschleppt - auf nimmer wiedersehen unseren Augen entschwand.„

„Unser Großmütterchen, hatten sie bei dem hoffnungslosen Versuch, sie zu beschützen, brutal niedergestoßen, mit derben Fußtritten traktiert und blutüberströmt, zurückgelassen. Im sicheren Glauben, auch sie getötet zu haben. Doch sie lebte und erholte sich wieder".

„Keine der Hütten, hatten die tollwütigen Barbaren in ihrem Zerstörungswahn, stehen lassen, alles hatten sie niedergebrannt," fügte die andere junge Frau, aufseufzend hinzu.

„Doch damit nicht genug, dass sie alles zerstörten, nahmen sie uns auch noch unser wertvollstes, unsere Lebensgrundlage - unser Vieh. Sie trieben es aus den Ställen und Pferchen, so das uns nichts blieb, als das nackte Leben."

„Zu allem Übermaß an Boshaftigkeit, vernichteten sie auch
noch den Getreideacker, deren Korn in praller Reife stand,
brannten es, teuflisch grinsend nieder.
Oh wie ich sie hasse, diese Teufel in Menschengestalt.“
Ereiferte sich Hoger verdrossen.
„Ja das war ein höllisches Gemetzel.“
Auch ich habe es am eigenem Leiber erlebt. Denn auch ich
wurde damals verschleppt, dachte ich, mit Grauen mich
erinnert.
Sie aber - konnten sich nicht an mich erinnern, denn mein
Aufenthalt in dieser Zeit, war ja ausgelöscht.
Ich jedoch entsann mich an jedes Detail, denn mein Hirn war
durch die vielen Erlebnisse, der Zeitsprünge durch viele
hundert Jahre, geschult und trainiert.
Wenn ich auch so manches durcheinanderbrachte.
Mein plötzliches Erscheinen hier, hatte sie völlig überrascht
und verwirrt. Sie würden eine gewisse Zeit brauchen,
das eben Erlebte zu verdauen.
Für heute war es mehr als genug und angebracht, mich zurück
zu ziehen.
Noch hatte ich den Boden nicht betreten - thronte
majestätisch über ihnen auf dem Pferderücken.
So war ich zunächst nicht mehr, als eine mystische
Erscheinung aus der Zauberwelt ihrer utopischen Fantasien
von Hexen, Unholden und Götterwesen, welche sie, wie alles
Unbegreifliche in magische Zauberwesen umwandelten.
Doch ihre Götter schwiegen - ließen sie allein.
„Ich werde euch jetzt verlassen, doch ich komme wieder und

sicher nicht mit leeren Händen. So seid gewiss, euer Schicksal
wird sich zum Besseren wenden, ihr werdet schon sehen.
Verkündet es allen, auch denen die bei euch Zuflucht suchen.
Eine glückliche Zeit steht euch bevor!" Lächelte ich, heftig
nickend.
Während ich meine Stute wendete und durch den dichten
Urwald, ihren Blicken entschwand.
Wow - was war das für ein Auftritt von mir.
Doch ich meinte jedes Wort so ernst wie ausgesprochen.

Nun galt es Wort zu halten.
Mein Ansinnen, erstklassigen Getreidesamen, Kartoffeln,
Bohnen und vieles mehr zu besorgen, in die Tat umzusetzen.
Oh - es gab viel zu organisieren und zu tun.
Mein Leben hatte wieder einen tiefen Sinn.
Den Abend jedoch, würde ich stets meinen Männern
gehören,
sie pflichtbewusst umsorgen, von Fernsehfilmen besäuselt,
bei einem guten Fläschchen Wein in angenehmer
Unterhaltung über Gott und die Welt.

Während die Männer ihrer Berufung nachgingen, stürzte ich
mich in die Vorbereitungen meiner neuen Mission.
Ich wählte sorgfältig alles Notwendige für meinen nächsten
Trip aus.
Zu viel war es, was mir dringlich erschien. Ich musste mich
bescheiden. Die Satteltaschen waren schnell vollgepackt
und die Stute beladen.
Ein irres Gefühl der Macht - des übermenschlichen

Eingreifens, beflügelte mich, als ich das Pferd den Hang hinauf zum Zeitkanal führte.

Mein Erscheinen in der alten Zeit, läuft immer gleich ab, überlegte ich. Logisch - wie konnte es auch anders sein.

Ich sah mich selbst mit ihren Augen.

Was sollen die abergläubischen Menschen in ihrer begrenztennWeltanschauung anderes, als eine Göttin in mir sehen?

Das jedoch war mir auf die Dauer zu anstrengend.

Ich wollte ihnen auf gleicher Ebene begegnen - eine von ihnen sein. Nun - nicht ganz, denn ich konnte mich jederzeit zurückziehen und...

Es wird sich schon ein ausgleichender Weg der Anpassung finden, überlegte ich, als ich den Zeitkanal passierte.

Gleich ist es soweit, gleich werde ich zwischen ihnen sein.

Doch ich sollte mich gründlich irren.

Denn als ich das Plateau betrat, war alles anders, als erwartet.

Allein die Sonne und der Höhenwind empfingen mich wie sonst auch.

Meine Augen suchten vergebens nach dem alles überragenden Steinhaus. Selbst die Hütten der Eingeborenen, konnte ich nicht entdecken. Kein Rauch stieg zwischen den Bäumen hervor.

Ein mulmiges Gefühl beschlich mich. Zunächst sah ich nichts als unberührten Urwald. Keine Menschenseele weit und breit. Doch ich hörte merkwürdige Tierstimmen, die ich nicht einordnen konnte. Es klang wie das wütende Brüllen von Elefanten.

Was mir einen Schauer über den Rücken trieb.

Was zum Teufel ist hier geschehen? Ungläubig starrte ich auf die verschwundene Zeit.

Doch dort, rührte sich etwas - eine menschliche Gestalt, löste sich aus dem Dickicht, reckte die Arme in die Höhe und winkte mir - scheinbar hocherfreut.

Justin war es, erkannte ich im Näherkommen.

Er lehnte lässig grinsend an einem Baumstamm.

„Oh welch ein köstlicher Anblick, die Göttin der Lüfte persönlich, auf ihrem fliegenden Ross.

Ich habe dich schon lange erwartet."

Justin, du hier, aber wie kann das sein, was treibst du hier und was ist das für eine Zeit? Mir will es scheinen, dass es noch keine Menschen gibt, nur Urzeitliche, wilde Monster. Ich habe sie brüllen gehört.

Oh Justin, was hast du dir diesmal erdacht und was soll ich hier?"

„Du vermutest richtig, wir befinden uns tatsächlich in der Urzeit. Ach Schätzchen, es war alles ganz einfach, dass wir uns hier treffen, denn ich kenne deine Unrast und Abenteuerlust. So brauchte ich nur warten.

Ich habe mir den Robby gründlich vorgenommen, habe ihm meine sorgfältig erarbeiteten Daten eingegeben und ihn exakt neu programmiert. Er befolgt sie gehorsam wie ein braves Hündchen und beamt mich ebenso wie dich, zwangsläufig in eben diese Zeit."

„Aber warum dieses alles. Warum lässt du mich ahnungslos in das offene Messer laufen?"

„Nun - auch ich bin dir wie ein treues, anhängliches Hündchen
verfallen. Ich wünsche mir - dich an meiner Seite, wo du
hingehörst. „Wir" sind auf alle Zeit verbunden!"
„Unsinn - wir hatten unsere Zeit. Doch es kann nie wieder so
sein. Du bist ein Spinner - ein Narzisst - unberechenbar - ein
Abenteurer, erlebnishungrig - nun ja, wie auch ich.
Denn ich muss zugeben, auch mich reizt alles Abwegige,
Ausgefallene. Es ist wie ein Fiber das mich bisweilen
überkommt."
„Oh das ist Musik in meinen Ohren. So wirst du sehen,
dass ich mit meinem Vorhaben, einen umwälzenden großen
Plan verfolge. Du wirst es nicht bereuen, dir wird es gewiss
nicht langweilig neben mir.
Gibt es auch zur Zeit noch keine Menschen auf der Erde,
so sind wir dennoch nicht allein!"
„Was sagst du da, es gibt wahrhaftig noch keine Menschen,
nur wir zwei allein?"
„Wir sind nicht allein," betonte er.
„Ich habe einen Trupp hartgesottener - echter Kerle dabei,
Ausbrecher ihrer stumpfsinnigen geregelten Zeit, die nach
Abenteuer und Herausforderungen lechzen. Du wirst sie
gleich sehen!"
Er pfiff durch die Finger, Augenblicklich lösten sich etliche
verwegene Gestalten aus dem Busch.
Im Nu waren wir von einer bewaffneten Armee umgeben.
„Sie hören auf mein Kommando." Brüstete er sich.
„Sie werden auch dich in jeder kritischen Lage beschützen.
Bist du bereit, für das größte Abenteuer deines Lebens?"

Ich fasste blitzschnell einen Endschluss.

„Das klingt verlockend, doch das geht mir zu schnell,
denn vordem habe ich noch ein Ansinnen, wobei mir deine
Kampftruppe sehr gelegen kommt, wenn es denn möglich
ist.“

„Bah - alles ist möglich,“ warf er ungeduldig ein.

„Ah - ja, wie du meinst. So befördere sie und uns in die
gewisse Zeit, unserer Gefangenschaft unter den Barbaren,
in das Camp in dem Gebiet am See. Du weißt schon welche
Zeit ich meine!“

„Hm - ja - wenn es dir so wichtig ist, so werde ich deinen
perfiden Wunsch erfüllen.“

Verflickst nochmal, die Frau kostet mich meinen letzten
Verstand. Wenn es mich auch nervt, den Robby wieder
umzupolen und neu einzustellen, werde ich mich fügen
müssen, dachte er grimmig.

„Morgen nach Sonnenaufgang, wirst du nach dem Passieren
des Zeitentors deine gewünschte Zeit vorfinden.

Du wirst uns nicht sehen, dennoch sind wir da, dich zu
beschützen und wenn es nötig ist, eingreifen!

Du weißt um die Gefahr, in die du dich freiwillig und
leichtsinnig begibst?“

„Ja, ich bin mir dessen vollbewusst, Also bis morgen.“

Rief ich, als erwartete mich nur ein romantisches Rendezvous,
wendete das Pferd und schoss davon.

Diese Nacht fand ich keinen Schlaf. Irre Visionen, schwirrten
in meinem Kopf. Noch bevor die Sonne sich aus dem

Erdschatten erhob, geisterte ich durch das friedlich schlummernde Haus.

Was um Himmelswillen habe ich mir da aufgebürdet.

Was soll ich mitnehmen für den Notfall. Wann würde ich wieder zurück sein?

Tausend Fragen auf die ich keine Antwort wusste.

Doch mein Entschluss stand fest.

So trabte ich dann durch den frühen Morgennebel in die ungewisse Zeit.

Justin hatte Wort gehalten, denn ich traf auf das Lager.

Noch rührte sich nichts im Dorf. Nur ein verschlafener Frühaufsteher, den ich nicht kannte, der wohl seine Notdurft verrichtete hatte, glotzte mir verstört entgegen.

Entschlossen durchritt ich das Camp.

Bald lag das Lager hinter mir. Ein kaum erkennbarer Pfad und niedergetrampeltes Gras, führte mich immer tiefer in die Wildnis des Urwaldes.

Wo ist Justin mit seiner Truppe? Unbehagen befiel mich.

Doch ich widerstand dem Drang, feige umzukehren.

Zum dritten Mal tastete ich nach meinem Colt in meiner Manteltasche.

Ein Eichelhäher, sendete seinen schrillen Ruf, als wollte er mich warnen. Das Rascheln des Gestrüpps und trockenen Laubes, durchbrachen die Stille.

Verängstigt lauschte ich - womöglich entdeckt worden zu sein. Hinter jeden Strauch lauerten Gefahren meiner.

Doch das Knacken und Rascheln kam von dem Pferd, auf dem ich hockte.

Ich kannte die Entfernung und schätzte nach Stunden,
den Rest der Strecke die noch vor mir lag.
Bald würde sich der Wald lichten und dann?...
Oh - je, in der Ferne gewahrte ich die Zelte und Hütten des
Camps, der räuberischen Bande.
Alles war wie in meiner Erinnerung. So existierten sie also
wirklich. Männer, notdürftig bekleidet, hockten palavernd um
ein großes Feuer.
Noch ehe ich die Stute zügeln konnte, hatten mich Einige von
ihnen bemerkt und tippten nun den vor sich hindösenden auf
die Schulter, während sie aufgeregt in meine Richtung wiesen,
in staunender Sprachlosigkeit verharrend.
Aus ihrer Mitte erhob sich ein rotbärtiger Recke und starrte
mir ungläubig entgegen.
Oh mein Gott - er war es. Es gab ihn also tatsächlich, meinen
Peiniger - meinen einstigen Gefangenenwärter, der mich so
viele Jahre seiner Gewalt unterworfen hatte.
Jetzt löste er sich aus der Runde der Männer, kam Schritt um
Schritt näher. Er stierte wie ein hypnotisiertes Kaninchen.
Seine Augen bohrten sich in meine - angezogen wie von
einem Magnet - unaufhaltsam.
Ein irres Feuer loderte in seinen Augen.
Ich bebte vor Erregung, vergaß zu atmen, unfähig mich zu
rühren.
Doch keine Furcht, noch Entsetzen, regten sich in mir.
Einen kurzen Moment war ich gar versucht,
ihm entgegenzueilen.
Er war nicht böse, sondern ein Held.

War er wirklich ein Held, wie in meinen Wunschträumen.
Ein gutmütiger Trottel, der zerfloss in meinen Händen, oder
ein Trugbild, das ich in meinen immerwährenden Träumen
erschaffen hatte? Nur ein paar Schritte trennten uns noch
und dann?
Ein plötzliches Donnergrollen, erwachsen aus 120 Pferde -
hufen, erschütterten die Erde und gebaren aus dem Nichts,
eine wild entschlossene Armee.
Plötzlich waren sie überall, näherten sich von allen
Seiten - bedrohlich mit vorgehaltenen Waffen.
Der Kreis um uns schloss sich.
„Lass die Finger von meinem Engel, du wirst sie nicht
berühren, ein Schritt noch und du bist des Todes, Wüstling!"
Übertönte Justins Stimme, die verwundert - bewundernden
„Oh - und Ah" Rufe der aufgegeilten Kerle, die in
berauschender Furore, mit Klatschen und rhythmischem
trampeln der Füße, ausrasteten, indes sie sich mittlerweile
alle erhoben hatten.
„Auf den Boden mit euch, Satansgezücht", bellte Justin
gefährlich und ließ sein Gewehr drohend in die Wolken
krachen. Bevor ein anderer seiner Truppe, eine Salve auf das
Weinfass mit dem kostbaren Met abfeuerte.
Was die süße berauschende Flüssigkeit in wildsprühenden
Fontänen neue Wege hinaus finden ließ.
Die Wirkung war niederschmetternd. War es doch das letzte
Überbleibsel aus ihrem Bestand, noch gebraut von dem alten
inzwischen verstorbenen Schamanen, der allein das Rezept
beherrschte - des unverzichtbaren, belebenden und

gleichsam berauschenden Gebräues, welches ihnen schon
morgens den nötigen Kick in den Tag hinein verlieh.
Der Verzicht auf den göttlichen Nektar, löste einen
ungeahnten Tumult aus.
Ach - herrje, die Rezeptur war so einfach. Ich selbst verfügte
über die Kenntnis des Brauens. Wie oft hatte ich mit dem
Alten das süße Gesöff zum Gären angesetzt.
Mitleidig sah ich nun, den Sand zu ihren Füßen sich dunkel
färben und die köstliche Flüssigkeit im Erdreich versickern.

„Wir ziehen uns zurück. Wir gehen in Frieden, doch wir
werden uns als Freunde wiedersehen, dessen seid gewiss.
Die Zeit wird es bringen." Rief Justin in den Tumult und
klopfte dem rothaarigen Hauptmann besänftigend auf die
Schulter, bevor wir den Rückzug antraten.

Es dämmerte bereits, als wir das Tor zur Welt erreichten.
„Ich habe mein Versprechen eingelöst und Wort gehalten.
Wirst du es auch tun, Carla?"
„Ja - auch ich halte mein Wort," entgegnete ich - in die Enge
getrieben, als ich ihm, ohne lange zu zögern, zum Abschied
die Hand reichte.
„Die Zeit drängt," fuhr er fort, „der Winter ist nicht mehr fern.
Ich warte maximal drei Tage hier auf dich. Entscheide dich
schnell, denn sonst bist du für mich gestorben."
So klangen seine letzten Worte in mir nach.
Herr Gott, ich kann auch gut ohne Justin auskommen,
dachte ich, doch ich würde es ewig bereuen, mir solch eine

einmalige unwiederbringliche Gelegenheit entgehen zu lassen.

Wem bietet sich schon die Chance, so tief in die Zeit zurück gehen zu können und mit eigenen Augen und wachen Sinnen in die Urzeit einzutauchen - Sie da selbst zu erleben - sehen, wie es einst wirklich war.

Zwei Tage und Nächte grübelte ich und wusste doch, dass ich mir dieses unglaubliche Abenteuer nicht entgehen lassen würde.

Am dritten Tag, fieberte ich vor Aufregung. Doch ich stellte mich schlafend, als die Männer das Haus verließen.

Würde ich abends wieder zurück sein? Oder für alle Zeit verschollen! Was erwartet mich?

Ich kleidete mich in einen robusten, dichten Lederdress, in Bedacht, vor Schlangen, Skorpionen und anderen unvorhergesehenen, giftigen Urtierchen gefeit zu sein.

Gedankenversunken, holte ich die Stute aus dem Stall.

Ein Blick auf die verschlossene Tür von Jonnys Häuschen, überzeugte mich, ungesehen unser Anwesen verlassen zu können.

So brach ich, gespannt der Dinge die mich erwarten würden
auf, ins Ungewisse.

Zum ersten Mal gab ich dem eisernen Robby keine Order,
denn ich wusste, dass Justin ihn ohnehin manipuliert hatte.

Welche Zeit sollte ich ihm auch nennen?

Irgendwann werde ich das von Justin eingebaute Modul
eigenhändig entfernen und so die normale Funktion Robbys
des Zeitenlenkers, wiederherstellen.

Wie erwartet, traf ich in die tiefste Tiefe der Zeit, mitten in die
wartende Truppe, von Justin angeführt.

Und auf ging es, ohne viele Worte zu verlieren.

„Wir reiten zum See, das ist unser vorläufiges Ziel, halte dich
in meiner Nähe!"

Wir reihten uns in den Reiterzug.

Niedergetretenes Gestrüpp, kündigte davon, dass dieser
Wegmschon öfter passiert wurde.

„Hab keine Bange", bemerkte Justin, nach einer Zeit des
Schweigens.

„Die Räuberbande werden wir gewiss nicht vorfinden, ha - ha,
glaube mir, du würdest froh sein sie dort anzutreffen,
doch dort hausen zur Zeit ganz andere Gestalten.

Noch kannst du umkehren, doch ich sehe das glühende
Leuchten der Erwartung in deinen Augen blitzen."

Nach endlosen Stunden durch das Dickicht, lichtete sich der Wald. In der Ferne sahen wir den See in der Sonne glitzern.
So betraten wir die Bühne.
Mit Schussbereiten M.G. im Anschlag.
Atemlos vor Staunen, starrte ich auf das Bild das sich mir bot.
Saurier, merkwürdige Nashörner und Mammuts grasten friedlich nebeneinander. Und zwischen ihnen, ich glaubte meinen Augen nicht zu trauen, sah ich „Sie - Urmenschen".
„Oh mein Gott, Justin, sagtest du nicht, es gibt noch keine Menschen," hauchte ich verstört „und Saurier waren doch längst ausgestorben, als die ersten Menschen...
Sie sind doch nie aufeinandergetroffen!"
„Was du siehst, sind keine richtigen Saurier, es snd Nachläufer der Riesenmonster, tatsächlich sind es Echsen -artige Reptilien mit hohen Hinterbeinen.
Sie erinnern eher an große Warane. Sie ernähren sich mit Vorliebe von Schilf und anderen Wasserpflanzen.
Sie springen wie Kängurus und können sich unglaublich schnell bewegen.
Und die menschlichen Wesen dort, sind Homo erectus, also noch lang keine intelligenten Menschen wie wir, die Homosapiens!"
Die wiederum gebärdeten sich wie toll, als sie uns sahen.
Sie stießen verschiedene kehlige Laute aus und richteten bedrohlich ihre langen Speere gegen uns.
Eine krachende Schusssalve donnerte durch die Luft und streckte drei der haarigen Gestalten nieder.
Entsetzt sah ich sie fallen.

„Oh was habt ihr getan, wie konntet ihr nur - die armen,
naiven Wesen so schamlos abknallen, als wären sie Vieh?“
Rief ich erschüttert. „Sind das nicht unsere Vorfahren?“
„Nein - die nicht - das sind gewiss nicht meine Vorfahren,
diese blökenden Tiere,“ rechtfertigte sich der voreilige
Schütze.
“Das war unnötiges Blutvergießen, Junge,“ mischte sich Justin
ärgerlich ein. „Ein Schuss in die Luft hätte genügt.“
Ich nickte zustimmend und murmelte: „Oh Justin, ich hätte sie
so gerne näher betrachtet und wenn möglich, Kontakt mit
ihnen aufgebaut. Vermutlich sind sie nur verletzt.
Ich könnte sie gesund pflegen und...“
Als ich wieder aufsah, waren sie verschwunden, mitsamt
ihren getöteten Clanmitgliedern.
„Ach verdammt, dieser schießwütige, hirnlose Schurke hat
alles zerstört.“
„Gräm dich nicht Schätzchen, wir werden noch öfter auf
Verwandte von ihnen stoßen.“ Versuchte Justin mich zu
beruhigen.
„Was dachten die ersten Menschen wohl?“
fragte ich nachdenklich.
„Nun, zunächst dachten sie gar nichts, denn sie hatten ja noch
keine Worte. Wohl aber reihten sie alles in Bildern
aneinander. Bilder in Taten des ablaufenden Geschehens.“
„Du meinst, nicht anders als unsere Haustiere, die sich mit
Gesten, Körperhaltung, Schwanzwedeln und verschiedenen
Lauten verständigen?“
„Ja so etwa. Doch sie artikulieren sich mehr mit ihren

Stimmen, durch tiefes, kehliges - kurzes und längeres
Grummeln, das sie ausstoßen.
So erscheint es mir doch bisweilen, wie verschiedene Silben,
die sie aneinanderreihen. Vokale - Umlaute wie Silben
bildend, vorwiegend, wenn sie erregt sind.
Anders als Affen, die nur immer die gleichen Laute ausstoßen.
Ach ja - und noch etwas Gravierendes, was sie von den
Säugetieren unterscheidet, ist, wie sie den Popo ihrer Babys
reinhalten. So waschen sie ihn nicht etwa mit der Zunge,
wie alle Säugetiere es tun. Sie benutzen Blätter und Gras,
um die Ausscheidungen der Verdauung zu beseitigen!"
„Sieh nur die Biber dort vor dem Wäldchen, wie groß sie
sind," lenkte Justin mich ab und deutete auf die wolfsgroßen
Nager, die sich von den Schüssen nicht aus der Ruhe hatten
bringen lassen.
„Sie sind sehr nützlich und äußerst beliebt bei den
Frühmenschen, denn sie sind imstande, große Bäume zu
fällen, in deren Geäst, die im Hüttenbau unerfahrenen
Urmenschen sich mit Vorliebe einrichten und Unterschlupf
finden. Darum lagern sie bevorzugt, in der Nähe der Bieber.
Wie viele sind es, Jungs?" Rief er in die Truppe.
„Ich zähle fünf!" Antwortete einer der Männer.
„So wählt zwei kräftige Tiere aus und achtet darauf - ein
Männchen und ein Weibchen. Die werden wir mitnehmen
und was die Saurier betrifft welche der übereifrige Schütze
ärgerlicherweise verscheucht hat, so müssen wir warten,
sie werden wiederkommen."

„Buh - was für eine Hitze." Er betupfte sich die Stirn
und entledigte sich seiner Oberbekleidung.
Auch ich stieg aus meinem, schweißnassen Lederdress und
reckte mich aufatmend in knappen Shorts und Sonnentop.
„Ja es ist unerträglich warm, ein tropisches Klima.
Die Bäume und die gesamte Vegetation, muten wie Gewächse
am Mittelmeer, weit im Süden an." Bemerkte ich.
„Ja die Eiszeit ist noch fern. Mag man es auch nicht glauben,
doch sie wird kommen, wie wir wissen."
„Wir werden hier lagern. Eine Nacht der Ruhe und alle
verscheuchten Tiere werden notgedrungen wieder die
gewohnte Wasserstelle aufsuchen."
„Baut die Zelte auf, Jungs und entfacht ein Feuer, mir knurrt
der Magen. Macht euch auf und erlegt ein paar Kaninchen
und Rebhühner. Aber vergreift euch nicht an den Maos oder
Dodos, die brauchen wir lebend für unsere Zucht!"
Bellte er seine Befehle.
„Ach, du sprichst von diesen großen, flugunfähigen
Hühnervögeln. Sie gibt es also wirklich?"
„Ja freilich, auch sie stehen auf meiner Liste zum mit
nehmen."
„Das kann ich gut verstehen, aber warum die Bieber?"
„Nun - nicht zuletzt des wasserabweisenden Felles wegen!"
„Ja gut, aber warum ausgerechnet die Biber?
Das verstehe ich nicht."
„Ganz einfach und logisch. Mit ihren gewaltigen scharfen
Zähnen und später mit Menschengehirnteilen ausgerüstet,

können sie ihren natürlichen Drang und Lebenstrieb ausleben, Bäume zermalmen und mit ihrem scharfen Gebiss zerkleinern und somit das Sägewerk ersparen, die Holzbranche schlechthin."

„So liefern sie das fertige Material für Sperrholz. Alles ist sorgfältig durchdacht. Um Raum zu sparen, spiele ich mit dem Gedanken das Haupt der Biber mit einem Menschenkörper auszustatten. Ich habe dir doch einst von den Tiermenschen berichtet. Wesen in unterschiedlichen Erscheinungen. Teils mehr Mensch, als Tier, jedoch mit dem Kopf eines Menschen, hingegen den Körper etwa eines Geparden, also Centauren. Andere wiederum verfügen über eine menschliche Statur, wohl aber dem Kopf, eines Raubtieres."

„Du hast also nach wie vor die Absicht Mensch - Tier Hybriden zu erschaffen?"

„Ja ganz recht. So schwebt mir vor, sie zu nützlichen Arbeiten einzusetzen. Doch ich fungiere nicht allein an dem Objekt, da ich über einen Stab hochrangiger Wissenschaftler verfüge. So wisse, auch ich gehöre indes zu den Mächtigsten der Welt!"

„Ja ich beginne zu verstehen. Du wolltest schon immer Gott spielen."

„Ja richtig - ich bin der Gott der Neuerschaffung der Welt und zur Vervollständigung, benötige ich eine unfehlbare, wissende Frau mit einer göttlichen Gestalt an meiner Seite!"

„Oh du Irrer, du glaubst in deiner Verblendung, ich könnte diese Göttin verkörpern," erwiderte ich, ergriffen.

„Ja - wenn nicht du - wer sonst!

Wenn dereinst alle aus meinem Stab das Zeitliche gesegnet

hat, werden wir allein über die Welt und die neuerschaffen
Wesen gebieten, aber das ist noch Zukunftsmusik!"
„Aber es folgen doch immer neue Menschen mit Macht
wie du. Sie werden doch nicht plötzlich aussterben
„Es kommt alles wie es kommen muss, du wirst sehen.
Doch zerbrich dir darüber nicht dein schönes Köpfchen.
Komm mit an den See, dort weht ein lindes Lüftchen."

Wir hatten uns im weichen Gras niedergelassen,
als er fortfuhr zu reden: "Es ist höchste Zeit, etwas zu
unternehmen, um den Untergang der Zivilisation aufzuhalten.
Du musst wissen, dass das niedrige Volk, immer unfähiger
wird. Nun ja, die Arbeitssklaven, die stets unwillig und nur
unter Zwang und Gewalt ihren Tätigkeiten, Folge leisteten,
wo hingegen meine Neuerschaffungen wie - eben wie
dressierte Affen oder Elefanten, automatisch ihre Arbeiten
verrichten. Um es salopp auszudrücken."
„Mit dem niederen Volk meinst du die Unterschicht - die
Bedürftigen. Was aber ist mit dem Mittelstand,
den strebsamen Tüchtigen, die sich einen gehobenen
Lebensstandard geschaffen haben?"
„Die gibt es nicht mehr. Sie sind entweder empor gestiegen
zur Elite, also der Überschicht, die alles beherrscht - doch
die meisten sind untergegangen, im Sumpf des Nichts
versunken.
Denn wisse, dem verweichlichten deutschen Volk, fehlt es an
Ehrgeiz und Selbstbewusstsein. Ein unterdrücktes Volk,
welches der Zwang der Diktatur in den 30. Jahren niederwarf
und zu willenlosen Hüllen mutieren ließ.

Denn was geschah im Jahre 1939, als das Grauen und Morden
seinen Höhenpunkt erreichte?
Als sie sich treuherzig dem neuen Führer unterstellten.
Er gebar neue Emporlinge, doch viel mehr Duckmäuser und
Ja - Sager, aus Bequemlichkeit.
Seitdem buckelt der Deutsche, zwar mit viel Gezeter,
jedoch ohne Gegenwehr, den folgenden Repressalien, wie der
stetig erhöhten, erdrückenden Steuerlast erduldend.
So wie das daraus resultierende, stetige Ansteigen der
Bedürftigen und Obdachlosen von 2000 aufwärts.
Während die Obrigkeiten, sich nur noch mit sich selbst
beschäftigten und ihr Säcklein bis zum Überfließen zu füllen,
nach der Selbstbedienungsmentalität, darüber vergaßen sie
die Bedürftigen. Doch aus denen ist nichts mehr heraus zu
pressen, weil es nichts mehr heraus zu pressen gibt.
Nun ja - bis auf einige wenige Aktivisten, hatte der Deutsche
Bürger seine Kampfeslust verloren.
So erhob sich eine Gruppe Kämpfer für die Gerechtigkeit.
Ein Haufen Aufständiger - sogenannter Extremisten,
in den Jahren 1960 - 70 und den 1990. Jahren, die legendäre
Terrororganisation. Die jedoch nichts Weltbewegendes
bewirkten.
Denn sie hatten jedes Maß verloren, sind über das Ziel
hinausgeschossen, so dass sie selbst zu Gejagten wurden
und von der Bildfläche verschwanden.
2020 schon, zeigte sich mit erschreckender Klarheit, der
Untergang des sozialen Staates.

Doch glaub nicht, dass sich im Laufe der Jahre danach, etwas
verbessert hat. Denn Sozialhilfe und Renten sind längst
abgeschafft.
Unserer Obersten größtes Streben gilt den Machtkämpfen
untereinander, ihren Quotenstand, ihrer Selbstdarstellung -
sich ins rechte Licht zu setzen. Wofür sie ihre ganze Kraft
aufwenden.
Ja so steht es mit unseren rechtschaffenden Politikern,
die doch längst den Bezug zur Realität verloren haben
und wie Götter über das Volk schweben. Ist es nicht so?"
„Tja - ich bin nicht so auf dem laufenden, aber so ist es wohl,"
entgegnete ich.

Als die Sonne blutrot versank, sah man die Feuer flackern.
Die Männer begannen zu singen, nicht laut und melodisch.
Doch sie verstummten augenblicklich, als man die ersten
Schatten der Urtiere schemenhaft, geheimnisvoll durch die
ruchige Dämmerung, sich dem lebensnotwendigen Wasser
näherten sah.
„Wir sollten die Gunst der Stunde nutzen, komm ins Zelt
Schätzchen. Solch eine schwüle Nacht ist nicht nur zum
Schlafen gedacht," raunte Justin, mir ins Ohr.
Wir versuchten erst gar nichts dagegen. Angezogen wie
Magnete, stürzten wir uns in die Arme des anderen.
Wir fielen übereinander her, wie Verdurstende. Oh ja wir
wussten sehr wohl, was wir aneinander hatten.
Ein Geben und Nehmen. Zärtlichkeit und Lust - Erotik ohne
Ende. Ja - unsere Körper kannten sich gut. Gefangen im

Rausch der alten Magie - die Zeiten überdauernd, ohne
Skrupel.
Denn es war ja eine andere Zeit, ein anderes Leben.
So war es doch nicht emotional geladen, nicht nachwirkend
auf mein Gefühlsleben, sondern wie schon so oft, eher ein
erotisches Abenteuer, nicht mehr, als ein Strohfeuer.
Justin der Fantast, ein Spieler, oft mit gezinkten Karten,
doch in der Liebe hingebungsvoll, ein zärtlicher Mann,
der mehr gab, als nahm.
So verkörperte er Glück und Leid gleichermaßen.

Ein feiner Regen prasselte auf das Zeltdach, als ich
benommen die Augen aufschlug.
Herrgott, wo bin ich hier gelandet - was mach ich hier?
Justin regte sich neben mir.
„So wirst du fortan bei mir bleiben," hauchte er mir
erwartungsvoll ins Ohr.
„Wie - was - aber." Ich richtete mich verwirrt auf und öffnete
die Zeltplane des Eingangs.
Ich erblickte den See ganz nah und - die Tiere - die so lange
schon ausgestorben waren.
Der Anblick traf mich wie ein Keulenschlag.
Wie zäher Nebel, schwebte vage die Erinnerung.
Justin war neben mich getreten und legte wie beschützend
die Arme um mich.
„Warum bin ich hier mit dir? Mir ist, als würde ich alles
vergessen. Ich kann mich kaum noch an mein Leben
erinnern."
Hatte ich nicht einen Gatten? Wie tief stecken wir in der Tiefe

der Zeit?"

„Exakt zwei Millionen Jahre. So lässt sich die Zeit hin und zurück, problemlos wiederfinden," entgegnete er.

„Oh - welch eine unglaublich lange Zeitspanne.

Die Menge der Jahre - die Last der Zeit, die über uns liegt, erdrückt mich, quetscht mich aus, ich bin nur mehr eine leere Hülle. Meine Erinnerung schwindet. In meinem Kopf schwirrt alles durcheinander."

„Nun so arg ist es nicht. So lange du dich noch selbst erkennst, ach was sind schon zwei Millionen Jahre in der Fülle der Zeit - der Erdgeschichte? Kaum mehr als ein Wimpernschlag!"

„Was tust du gegen das Vergessen?" Fragte ich neugierig.

„Ich habe alles in diesem Gerät gespeichert.

Umfangreiches Filmmaterial - das dürfte auch für dich interessant sein.

Hier - sieh nur, hier kannst du deutlich sehen was wir schon umwerfendes geschaffen haben. Schau nur, wie possierlich die Schnabeltiere ohne Schnabel und wie grazil die Riesenkatzen mit dem Frauenkörper und erst die hochbeinigen Echsen mit dem Menschenschädel, so wie die präparierten Biber und hier - die wenigen Exemplare der Homoerectus.

Sie alle könnten sogar mit uns Kommunizieren, doch keiner bringt die Geduld auf, sie die Kunst der Sprache zu lehren.

Nun - die Zeit wird es bringen.

Ich gedenke eine Welt nach meinen Vorstellungen zu schaffen. Na ja, etwas anders als sie ist, nicht so langweilig nach dem vorgefertigten Bild. Dabei sind der Fantasie keine Grenzen gesetzt!

„Man sollte es nicht glauben, aber ich sah es mit eigenen Augen - sah wie die Wesen sich bewegten, atmeten, fraßen, sich behaglich in der Sonne aalten und zufrieden grunzten. Was sagst du nun? Willst du mich fortan begleiten - mich stärken und zu mir stehen? Das Abenteuer der Neuschöpfung mit mir erleben oder lieber in der langweiligen Welt veröden?“

„Nein, wo immer mein langweiliges Zuhause ist, dort will ich nicht sinnlos meine Zeit vertun!

Doch da gibt es vorher noch etwas anders, was mich herausfordert. Nun um ehrlich zu sein, hatte ich ganz andere Absichten, denn ich wollte in unserer Zeit von damals, im Tal am Berge einwirken, gewissermaßen als Missionarin, wie man so sagt. So wie du einst. Ich sehe es als eine Passion.“

„Ach - ja, das ist löblich. Darf ich dich begleiten? Zeit spielt für mich keine Rolle, ich kann jede Zeit für mich justieren. So denke ich, du bevorzugst den Herbst und das Frühjahr für deine Versuche und Hilfe?“

„Ja - so ist es, wenn meine Bemühungen Früchte tragen, bin ich gern bereit für neue Herausforderungen.“

„Nun denn, auf ein neues Spiel - neue Taten, ich bin allzeit bereit.

Ich muss nur die Männer einweisen, wie ich sehe, sind wir vom Glück begünstigt. Alle Tiere die wir benötigen, sind mittlerweile am See eingetroffen. Sie müssen nur betäubt und transportiert werden. Das geht auch ohne mich.

Bliebe da noch Robby, den ich neu programmieren muss.
Hah - ich kann ihm alles eingeben und er pariert wie eine
Maschine, die er ja auch ist. So könnte ich all meine Feinde
problemlos ins All schießen, ha - ha."
„Ich weis sehr wohl, wen du als größten Feind ansiehst, doch
er ist nicht dein Feind, lass ihn in Frieden sein Leben, leben."
„Ja ja, schon gut, ich werde ihm kein Haar krümmen, solange
er mir nicht in mein Handwerk pfuscht!"
Ich wusste das es - Ihn den Einen gab - und versuchte, mir
sein Gesicht auszumalen, doch es wollte mir nicht gelingen.
Doch ich wusste auch, dass sich die Erinnerung in der rechten
Zeit, schlagartig wiedereinstellen würde.
„Ich denke du wirst nicht länger als drei Tage benötigen,
um dein Bündel zu schnüren!" riss er mich aus meinen
Grübeleien.
„Deck dich reichlich mit allem Neuen aus deiner Zeit ein,"
riet er mir, bevor das Zeitentor sich hinter mir schloss.

Augenblicklich, regte sich mein schlechtes Gewissen.
Was sollte ich meinem Liebsten sagen? Wie ihm alles
erklären? Sollte ich ein Lügengebilde aufbauen?
Nein, er ist mein Gatte - so viele Jahre schon hat er mich
ehrlich, zuverlässig und rechtschaffen durch die lange Zeit
begleitet.
Wenn die Flamme der Liebe auch heruntergebrannt war,
ihm schulde ich Respekt und Aufrichtigkeit.
Verzagt und gleichzeitig hartnäckig entschlossen, öffnete ich
die Tür und erwartete den üblichen Spruch: Wo warst du?
Doch er schwieg.

In seinen Augen spiegelte sich eine unendliche Traurigkeit.
Ich gab mich zerknirscht und reuevoll.
„Es gäbe keinen Grund zur Eifersucht," beteuerte ich,
doch im gleichen Atemzug - „bat ich um eine Auszeit."
Seine Kieferknochen arbeiteten. Sein freundliches Gesicht,
verzog sich zu einer bösen Maske.
Er geriet in Zorn und wütete, wie ich ihn selten erlebte.
Hässliche Worte trafen mich wie Pfeile. Ich geriet in
Erklärungsnot, nach der Frage: „Warum?" Doch ich fasste
mich wieder.
„Was machst du für ein Aufhebens um eine versäumte Nacht.
Bin ich nicht immer wiedergekommen? Ich habe nicht die
Absicht, dich zu verlassen! So werde ich auch weiterhin, jeden
Abend bei dir sein!"
„Ach wie tröstlich," murmelte er Zähneknirschend und verließ
Türknallend den Raum. Doch ich wusste, das Schlafzimmer
würde uns wieder vereinen und versöhnen.
Allein im Kämmerlein, dachte ich: Er ist wie ein Schäferhund,
der mir zwar lieb und wert ist, gleichsam aber tödliche
Tristesse - immerwährende Ordnung und Langeweile
verkörpert, wie viele Jahre waren es in vorbildlich - klinisch,
steril und akkuratem Gleichklang, um nicht zu sagen,
unfehlbar in immerwährender Liebe. Wohl - 300 Jahre.
Wie viele Trennungen, Versöhnungen und goldene
Hochzeiten, haben wir in der langen Zeit begangen?
Nun gut, wir wollten zusammen in immer dauernder Liebe,
in die Ewigkeit gehen.

Doch die Ewigkeit ist lang und tückisch.
Das können wir ja immer noch, wenn mein heißes Blut,
meine Unrast und mein wildes Temperament sich abgekühlt
hat und eines Tages nach Ruhe sehnt.

Sorgfältig packte ich die Satteltaschen und belud die Stute, die schon erwartungsvoll auf den Ausritt fieberte.
Doch der Ausritt ging nicht über vertraute Pfade und endlose Wiesen. Ich gewahrte die Angst in ihren Augen, als ich Sie in die Höhle - den Zeitkanal führte.
Hoffend, Justin hatte den Stählernen Robby so programmiert, dass er mich in die gewünschte Zeit beamte.

Nicht nur Pflanzen und Samen würde ich ihnen präsentieren.
Eine besondere Überraschung, führte ich mit mir.
Einen Karton voller putziger, munter piepsender Hühner und Entenküken, balancierte ich sorgsam vor mir, als lebende Zugabe. Ich gönnte mir einen Moment der Ruhe und Besinnlichkeit, bevor ich den nächsten Schritt antrat.
Im Tal sah ich die Hütten, wie ich sie kannte. Alles war gut, nun würde ein neuer Lebensabschnitt für mich beginnen.
Ein Leben in Freiheit.
Denn meine Situation war jetzt eine andere. Sie brachte mir mehr als nur einen Vorteil. So war es die Gewissheit, stets in die neue Zeit gelangen zu können.
Das beflügelte mich und machte mich geradezu übermütig.
Beschwingt schwebte ich auf der leichtfüßigen Stute ins Tal.
Ich traf die emsigen Frauen beim Brennholz sammeln an, während die Männer an den Hütten werkelten.
Neue Katen waren unterdessen entstanden.
Die Zahl der Bewohner hatte sich enorm vermehrt.

Wie nicht anders erwartet, hielten alle in ihrem Tun inne und starrten mir erstaunt entgegen.

„Ja, ich bin es wirklich. Wie ihr seht, habe ich Wort gehalten und bin zurückgekehrt, als eure Patronin, euch zu schützen und zu neuem Wohlstand zu führen."

Wieder warfen sie sich zu Boden und sahen ehrfürchtig zu mir auf.

„Wir warten in Sehnsucht auf euch. Wir hungern und darben ohne Saat und Ernte. So gebiete über uns. Segne unsere Äcker, auf das sie Früchte tragen, ihr die Göttin der Allwissenheit!"

„Oh nein meine Freunde, ich bin nicht die Göttin wie ihr glaubt, ich bin nur..."

Der Satz blieb unvollendet, während mein Blick im Näherkommen, das Steinhaus erfasste. Denn was ich dort sah, ließ mir die Worte im Halse stecken bleiben.

Die schwere Tür öffnete sich, just in diesem Moment und Justin - gefolgt von Charlene, meiner Todfeindin, die mir stets nach dem Leben trachtete, erschien mit einem Säugling im Arm und weiteren drei Kleinkindern, die wie Orgelpfeifen an ihrem Rock klebten.

Bei meinem Anblick, verhielt sie erschrocken den Schritt und zog sich ins Haus zurück.

Justin hingegen, schlenderte mir, mit dem gewohnten Grinsen im Gesicht, forsch entgegen.

„Hallo Carla - Schätzchen, wie belebend dich zu sehen," begrüßte er mich überschwänglich.

„Du schaust, als hättest du einen Geist gesehen.
Ja sie ist es wirklich, meine Kleine. Doch keine Bange, sie ist
gezähmt und harmlos, wie alle Mütter, nur auf das Wohl ihrer
Brut bedacht." Er legte seinen Arm um mich und zog mich
beiseite.
„Ich hatte sie zwangsläufig vernachlässigt all die Jahre,
konnte ihr nicht mehr wie gewohnt, die nötige Dosis für
Unfruchtbarkeit und die ewige Jugend verabreichen.
Nun ist das Dilemma geschehen. Aber es ist gut und richtig,
so wie es ist. Denn du sollst jetzt statt ihrer, meine Führsorge
bekommen, so lange du bei mir bleibst!
Du siehst wie immer umwerfend aus."
„Und du natürlich auch", fuhr ich auf.
„Ja freilich, oder was glaubst du wie ich mich über die
Jahrhunderte so frisch halte?" Grinste er.
Ehe ich reagieren konnte, führte er mich erhaben,
schmunzelnd, vor die versammelten Eingeborenen.
„Schaut, sie ist die ehrwürdige Mutter meiner Tochter,
die nun endlich zu uns heimkehren konnte. Ihr bin ich in Liebe
und Anerkennung verbunden. Wie auch ihr dieser Göttlichen,
Respekt und Gehorsam entgegenbringen sollt."
Tönte er überspannt, worauf ich unbehaglich prustete.
Ein staunendes Murmeln erhob sich, während aller Blicke
ehrfürchtig auf uns ruhten.
„So komm in unser Haus, Liebste, wo du nach den Wirrnissen
deiner langen, beschwerlichen Reise endlich Ruhe finden
wirst!" murmelte er, an mich gewandt.

„Oh du Scheusal, du hast mich schamlos ausgetrickst,
hast alles raffiniert nach deinen Vorstellungen eingefädelt,
aber du hast die Rechnung ohne den Wirt gemacht," erboste
ich mich.

„Aber, aber - du musst doch selbst zugeben, dass es eine
vortreffliche Lösung ist. Im Haus ist reichlich Platz für alle.
Mit Charlene und deinen Enkelkindern, wirst du bestens
auskommen," fügte er hinzu.

„Kinder - eure Ana möchte euch kennen lernen." Polterte er
ins Haus. „Nun, es ist ja auch langsam an der Zeit, die Familie
zusammen zu führen," betonte er klärend.

„Ich hole indes dein Gepäck, auf das du dich häuslich
einrichten kannst."

„Aber sie ist nicht meine Tochter, ich habe sie nicht geboren,"
begehrte ich mit bebender Stimme auf.

„Wessen Tochter soll sie denn sein? Wenn nicht die Deine.
Ist sie nicht aus deinen Genen geschaffen, ist sie nicht dein
Ebenbild? Wenn sie auch zur Zeit nur ein Schatten ihrer selbst
ist - das arme Ding. Sieh nur wie mitleiderregend sie
ausschaut.

So benötigt sie deinen mütterlichen Trost umso mehr,
nach allem was sie hat erdulden müssen. Denn wisse,
der verfluchte Erzeuger ihrer Sprösslinge, hat ihr übel
mitgespielt. Um sie für ihre Eitelkeit und Gefallsucht zu
strafen, hat er ihr das wunderschöne, lange Engelshaar bis auf
Kopfhaut, abgeschoren. Ein anderes Mal, wurde sie von ihm
halb Tod geprügelt, als sie mit dem vierten Spross schwanger
ging. In diesem Zustand, habe ich sie vorgefunden.

Dieser Kerl, ein Kämpfer aus der gefürchteten Räuberbande,
weilt natürlich nicht mehr unter uns. Der hat meinen Zorn zu
spüren bekommen.
Doch seitdem ist ihr jegliche Geltungssucht vergangen.
Vorerst ist es ihr wichtiger und dringlicher, die Kinder liebevoll
aufzuziehen. Gib dir einen Ruck und schließe sie endlich in
deine Arme!"
Angesichts dessen was er mir so eindrucksvoll schilderte,
war ich zutiefst gerührt und spürte Mitleid in mir aufsteigen.
Fühlte ich mich auch nicht, als ihre Mutter, so erlag ich
dennoch einem natürlichen, mütterlichen Impuls und breitete
meine Arme aus.
„Komm Kindchen - komm an mein Herz," wisperte ich
ergriffen, zog sie an mich und strich ihr über die
verstümmelten Haarstoppeln.
„Mutter - oh Mutter, so sollte ich wirklich eine Mutter haben
und meine Kinder eine Ana," hauchte sie unter Tränen.
Auch ich vergoss vor Rührung ein paar Tränen.
Denn zu allem Übermaß, stürmten die Kids hinzu
und umringten mich, griffen mit ihren zarten, weichen
Ärmchen nach mir.
Die Umarmung dauerte ewig. Zum ersten Mal, lagen wir uns
in den Armen. Sie hob ihren tränenverschleierten Blick.
Ich las in ihren wunderschönen Augen, Trauer - Leid und
aufkeimende Freude, hinreißend in ihrer natürlichen
Schönheit, fern aller Koketterie.
So war es dennoch die gleiche Person, die viele Jahre später,
sich als Herrin der Welt erhob.

In Neid, Hass und Eifersucht gegen alle weiblichen
Bewohnerinnen, des ständig wachsenden Völkchens,
misstrauisch, rebellierend.
So verbannte sie in ihrer krankhaften Verblendung, sämtliche
junge Frauen, ließ sie beseitigen und legte, wenn nötig, selbst
Hand an.
Doch ihr größter Hass, richtete sich gegen mich.
In überspannter Eigenüberschätzung, in ihrer begrenzten
Welt, glaubte sie gar, als Göttin auserkoren, über das Volk
herrschen zu müssen.
Trotz ihrer vermeintlichen Vollkommenheit, imstande aller
Männer Begehren zu erwecken, duldete sie keine Rivalin in
ihrem Reich.
Da ich all das wusste, so auch ihre Absicht, mich zu töten,
konnte ich dem lange vorher schon entgegen wirken und es
zu verhindern wissen.
Doch dass alles würde viel - viel später geschehen.

Die Zeit verging. Längst wallte ihre Engelsmähne wieder
betörend über die Schultern.
Hatte ich auch schon eine schleichende Veränderung an ihr
bemerkt, so begann ihre völlige Umwandlung, als ihre Kinder
plötzlich verschwanden.
Sie gebärdete sich wie toll, wütete und scharte einen
Schwarm Männer um sich, die ihr hörig und ergeben waren.

Das allerdings, geschah erst, als ich den Schauplatz längst
verlassen hatte. Doch ich greife voraus, denn meine Zeit,
in der Vergangenheit, hatte ja erst begonnen.

Mein erster Tag, in meiner neuen Rolle - voller
Überraschungen und Emotionen.

Der Rest des Tages war ausgefüllt mit glücklichem
Kinderlachen, Geschichten erzählen - Reden - endlos Reden,
ohne wirklich etwas zur Sprache zu bringen.

Die Kleinen tanzten munter um mich herum, prahlten
und zankten wie alle Kinder, lechzend nach Aufmerksamkeit,
Lob und Bewunderung.

Bis Justin dem Lärmen, Einhalt gebot und Sie in ihre
Schlafnischen beorderte.

„Charlene bewohnt mit den Kids die untere Etage, so bleibt
dir und mir das gesamte obere Stockwerk. So kannst du dich
einrichten, alles hier gehört dir." Erklärte Justin vielsagend.

Ich hatte verstanden, nickte kurz und bemerkte:

„Du hast dir alles so schön ausgemalt, doch das würde nicht
lange gut gehen, mit uns allen unter einem Dach!"

„Nun, wir werden sehen, alles wird sich fügen!" räumte Justin
ein.

Ich seufzte: "Mir wird nicht viel Zeit bleiben, für ein
beschauliches Familienleben. Gleich morgen, werde ich mit
den Dorfbewohnern, den Acker für die Winteraussaat
beginnen. Trommele du sie zeitig zusammen. Das Wetter ist
günstig, ich möchte keine Zeit verlieren. Doch nun werde ich
gehen."

„Gehen - wohin willst du jetzt gehen?" fragte er
Verständnislos. „Nun es ist Abend und Zeit nachhause zu
gehen", antwortete ich, ernsthaft nickend. „Also bis morgen

in aller Frische," fügte ich hinzu und lief, bevor er mich
aufhalten konnte, aus dem Haus, dem Berg entgegen.
Buh - das wird noch einen verflicksten Kampf geben...

So verließ ich jeden Abend, ehe die Dunkelheit herein brach
das Camp.
Die aufmerksamen Dorfbewohner, denen mein allabendlicher
Fortgang nicht verborgen blieb, rieben sich verwundert die
Augen und verlangten Aufklärung von Justin.
„Wo geht sie nur immer hin? Jeden Abend verschwindet sie.
Ist nicht ihr Platz an eurer Seite?"
„Sie muss zu ihren Brüdern und Schwestern zu Walhalla,
dort oben, das große schwarze Tor im Berge," entgegnete er.
„Aber das ist das Tor des Todes."
„Gewiss ist es das für jeden Sterblichen, denn keiner ist je von
dort zurückgekommen," fügte er hinzu, ein Kichern
unterdrückend.
Inmitten der wackeren Dörfler, werkelte ich, erklärend die
neue Saat preisend.
Doch alles war plötzlich ganz anders, als in meinen
Vorstellungen. Ständig spürte ich eine neue Gefahr, von
Justin ausgehend.
Es behagte ihm gar nicht, dass ich die Nächte nicht bei ihm,
sondern mit meinem Gatten verbrachte.
So fürchtete ich, er könnte in seiner Eifersucht, das Zeitentor
wieder verschließen, wie es schon einmal geschehen war.
Dann wäre ich wieder gefangen in der alten Zeit, alles würde
sich wiederholen.

Diese Isolation - Erniedrigung und Hoffnungslosigkeit, wollte
ich nicht noch einmal erleben und war ständig auf der Hut.

Charlene lebte wieder auf. Immer öfter musterte sie mich mit
fragenden Blicken. Bis sie eines Tages heraussprudelte.
„Du kannst nicht meine Mutter sein, du bist viel zu jung und
aufreizend - Begehren erweckend. Ich sehe doch, wie die
Männer dich anhimmeln!"
„Na und? Was kümmert's mich, lass sie doch gucken, oder
fürchtest du um deine Vorherrschaft, wie viele sind es,
denen du den Kopf verdrehen - he?"
Oh - sie war gewiss nicht ohne Reiz, denn ihr Engelshaar,
ergoss sich bereits bis auf den Rücken.
„Der Justin schaut dich begehrlicher an, als mich,"
fuhr sie unbeirrt fort.
„Aber Kindchen, was treiben dich für unsinnige Gedanken,
er ist dein Vater und sollte dich nicht begehren!"
Doch sie missgönnte mir die Aufmerksamkeit Justins, die nicht
mehr nur ihr zukam.
„Der Justin liebt dich mehr als mich," schmollte sie.

Dennoch spielte Justin nur eine untergeordnete Rolle.
In diesem Stück war er unnötig, wie ein Kropf.
Die ständige Furcht vor neuen teuflischen Schandtaten,
die ich nicht vorhersehen konnte, bestärkte mich,
sobald als möglich das Camp zu verlassen.
Meine Passion war erfüllt.
Ein letztes Mal, suchte ich die Hütten der Eingeborenen auf.

Denn wie jeden Herbst, wenn die feuchten Nebel sich
erdrückend über das Land senkten, befielen sie die typischen
Erkältungs und gewisse Mangelerkrankungen.
Die Unterkünfte waren kalt, denn das Brennholz sparte man
sich für den langen Winter auf.
So verteilte ich großzügig Hustensaft und süffigen
Magenbitter der besonders bei den Alten sehr willkommen
war.
Zudem bedachte ich sie mit süßen Hustenbolchen,
die wiederum von den Kindern hoch begehrt waren.
Sodann machte ich mich guten Gewissens auf den Heimweg.
Ich freute mich auf Günter und die heimeligen Abende vor
dem Fernseher und dem flackernden, beruhigenden
Kaminfeuer. Bei einem guten Fläschchen Wein, angenehmer
Gesellschaft und Behaglichkeit auf dem weichen Sofa
kuschelnd.
Ich genoss die Zeit der Muße, des bequemem Leben - das
Gegenstück meines Doppellebens mit allen Sinnen, wollte ein
paar Monate nur für meine Männer (Vater und Sohn) da sein.

Im März würde eine mühevolle Arbeit auf mich warten.
Kartoffeln, neue hochgezüchtete Getreidesorten und diverse
Jungpflanzen, mussten in die Erde gebracht werden.
Das jedoch erschien mir jetzt in weiter Ferne.

Vor den Weihnachtstagen, packte mich jedoch eine Unruhe,
die mich veranlasste, große Körbe mit Leckereien zu füllen,
um die Bewohner der alten Zeit, insbesondere die Kinder,

zum Fest, als Christkind zu überraschen und erfreuen.
Was Unverständnis und Groll bei Günter hervorrief.
Wieder einmal geriet er in Zorn, schalt mich meiner
Dummheit.

„Du ziehst es vor, zwischen deinen neuen Wunschnachbarn,
mit ihren heidnischen Sitten, die von Christi Geburt nicht
wissen, dir aber offenbar näherstehen, als deine Familie,
darüber unser Christliches Weihnachtsfest zu vergessen!"
Wieder einmal geriet ich in arge Erklärungsnot.
Wie sollte er das verstehen, ich verstand es ja selber nicht,
was mich trieb.
„Nun ja, ich kann nicht anders, gönn mir doch die Freude,
sie zu beschenken. Ein paar Stunden nur werde ich
fortbleiben, du wirst mich kaum vermissen.
Begieß derweil den Braten in der Röhre fleißig, ich werde
hungrig sein, wenn ich zurückkomme." Kopfschüttelnd
und vergrämt, begleitete er mich bis an das Zeitentor.

Mit mir - war auch Justin von der Bildfläche verschwunden.
Ich vermisste ihn, als es mich am Heiligabend in die alte Zeit
zog, um kleine Geschenke wie Schokolade, Marzipan und
anderes Zuckerwerk, zu verteilen.
Was völlig unsinnig war, denn unter den heidnischen Sitten
und Gebräuchen der Einheimischen, war kein Weihnachtsfest
bekannt. Doch das Strahlen in den Kinderaugen, ihre
Jubelschreie, die in Euphorie mündeten, entschädigten mich.
So erfuhr ich auch, das Justin kurz nach mir ebenfalls das
Lager verlassen hatte.

Nun, ich selbst würde frühestens im März wiederkommen.
Sieh mal an, so war es ihm plötzlich zu langweilig in der alten
Zeit.
Mein Korb war leer, ich fühlte mich gut. Gleich wird bei uns
die Bescherung stattfinden. Dachte ich, zufrieden mit mir.
Ein kleiner Marsch noch, den Hang hinauf. Beschwingt stapfte
ich durch den Schnee.
Längst war es dunkel, nur aus den Hütten fiel vereinzelt
Feuerschein, der den Schnee rot schimmern ließ.
Erfrischendes Kinderlachen, klang in mir nach, als ich eine
undefinierbare Gefahr witterte.
Ein Knirschen im Schnee hinter mir, ließ mir das Blut in den
Adern stocken. Die Schritte folgten mir, holten mich ein.
Ich spürte einen heißen Hauch im Nacken. Ein stählender Griff
im nächsten Moment, der mich packte und wie ein
Schraubstock lähmte.
Ich wehrte mich verzweifelt. In dem Gerangel stürzten wir zu
Boden. Ein bulliger Körper drückte mich nieder.
Ich schrie in Todesangst, doch ich hatte keine Chance gegen
die Übermacht meines Peinigers. Eine Hand legte sich auf
meinen Mund.
„So sei doch still, ich tu dir nichts, dummes Weib.“
Die Stimme kannte ich, sollte das Giesbert sein, der
unsterbliche, einsame Ritter, der solange schon in den Zeiten
herumirrte, auf der Suche nach mir? Es wäre nicht das
Erstemal.
Wieder einmal hatte er mich gefunden.
Stimmen wurden laut. Männer und Frauen mit Knüppeln

bewaffnet, stürzten aus den Hütten und eilten cen durchdringenden Schreien entgegen.

Vereint im Kampf, den Unhold zu vernichten, knüppelten sie in wildem Zorn auf ihn ein, prügelten das Leben aus ihm heraus.

„Genug - so haltet doch ein," jammerte ich, während ich mich bibbernd erhob.

„So lasst es genug sein, Männer," erhob sich die Stimme des Dorfoberhauptes.

„Der hat genug, morgen werden wir sehen, ob er noch lebt, dann wird er den Rest bekommen."

Zwei Frauen stützten mich besorgt.

„Kommt - kommt ins Haus, gute Frau, wärmt und erholt euch."

„Oh vielen Dank ihr Lieben, doch ich bin O.K, zudem bin ich in großer Eile, ich muss noch heute, zur Walhalla, ehe sich das Tor schließt," rief ich und eilte auch schon davon.

Oh dieser unverbesserliche Tunichtgut, was hat er mir für einen Schrecken eingejagt, dachte ich verärgert, als ich den Hang zur Höhle erklomm.

Wo mag er mir wohl das nächste Mal auflauern, in seiner ewigen Unrast?

Gebe Gott, das er sich über Nacht erholt und verschwunden ist, ehe der erste Hahn kräht und das er künftighin, seine irren Überfälle auf mich - in dem Drang mich zurück zu gewinnen, aufgibt - in der irren Fiktion, ich würde für immer nur ihm gehören. Was ich jedoch bezweifelte.

Alles was ich längst vergessen glaubte, stürzte wieder auf

mich ein. Die verblasste Erinnerung erwachte zu neuem Leben.

Durch eine aufgezwungene Heirat um 13 Hundert, zu der ich mich in einer ausweglosen Zwangslage genötigt sah, geriet ich in eine noch unerträglichere Lage der Abhängigkeit. Eine Hochzeit vor Gott geschlossen, zählt bis in den Tod - verbindet auf ewig die Frau mit den Mann und dessen Clan.

An den Clan, der sich bereits seit 11 Hundert dokumentarisch überliefert fortsetzt und um 1939 einen edlen Spross - meinen späteren, also derzeitigen Gatten, hervorbrachte. So sah ich mich noch immer an den Familienstamm - eben dieser Sippe gebunden.

So war Giesbert der einzig überlebende seiner Zeit.

Wo hingegen all meine aufgezwungenen Gatten längst im kühlen Grabe ruhten. Keiner davon war jedoch eines natürlichen Todes gestorben. Oder hatte noch ärgeres Ungemach, wie das ewige Fegefeuer erlitten.

Stets hatte der Teufel seine Hand im Spiel.

Nun, was das ewige Fegefeuer betrifft, so beruhigte es mich, denn ich wusste längst, dass einer - Giesbert noch immer lebt, dass er noch immer ruhelos, wie ein Gespenst herumgeistert, auf der Suche nach mir.

War er auch einst mein Retter aus der Not, so entpuppte er sich bald als lästiges Windei.

Doch keiner der edlen Nachkommen, wusste was damals, vor nun mehr 700 Jahren geschah.

Denn da die Zeit oft rückwärtslief, war es erst Günter, mein in überströmender Liebe verbundener Gatte, dem ich mich unlösbar verbunden fühlte.
Eine Ehe um die Jahrhundertwende von 18 - 19 Hundert geschlossen, die uns für immer verbinden sollte.
Viel später erst, lief die Zeit rückwärts für mich, als wenn die Erde sich falsch herumdrehte.
Nun könnte ich mühelos Vergangenheit, Gegenwart und Zukunft miteinander verbinden.
Wenn nicht stetig der findige Justin mir ins Handwerk pfuschte. Nun jedoch, lagen 3 unbeschwerte, stinknormale Monate vor mir.

Die Zeit verging viel zu schnell, doch gleichsam zu langsam.
Längst fieberte ich der alten Zeit, verbunden mit meinen
vorgefertigten Aufgaben, entgegen.
Die Schneeschmelze und die wärmende Sonne, erweckten
auch in mir neues Leben und Tatendrang.
Oh, es gab viel zu tun im Reich der Unterentwickelten.
Wie ich meine Schützlinge zu Unrecht sah.
An einem lauen Frühlingsmorgen, begab ich mich in die
Unterwelt. Wie Günter sie spöttisch betitelte.
Wo ich schon ungeduldig erwartet wurde.
Im Nu hatten sich alle Dorfbewohner um mich versammelt.
Ein eindrucksvolles Empfangskomitee. Doch ohne den
Häuptling - Justin.
Der stellte sich erst Wochen später ein, als ich bereits meinen
Job erledigt hatte und im Begriff war, wieder zu gehen.
Denn mein eigener Haushalt und Garten verlangte ebenfalls
dringend nach meiner Hand.
„Sieh nur Ana, ist das da nicht der Opa? Aber was ist das nur
für ein merkwürdiges Klappergestell, welches er hinter sich
herzieht?" Rief der älteste von Justins Enkeln, die nicht von
meiner Seite wichen, aufgeregt.
Zu meinem Verdruss, wurden sie aus welchem Grund auch
immer, von den anderen Kindern gemieden.
Das seltsame Klappergestell war eine selbstgezimmerte Karre,
von zwei Pferden gezogen. Auf einem der Gäule, die das
knatternde Gefährt voranzogen, saß Justin.

Ich blinzelte gegen die Sonne und glaubte meinen Augen
nicht zu trauen, als es quietschend vor uns zum Stehen kam.
Was ich auf dem Wagen sah, erwärmte mein Herz:
Drei kleine Lämmer, zwei Kälbchen und ein Jungbulle,
präsentierten sich mir.
„Na - was sagst du nun, Schätzchen, damit hast du wohl nicht
gerechnet!"
„Oh Justin, welch eine freudige Überraschung," stammelte
ich, überwältigt.
Während die Dorfbewohner sprachlos staunend zunächst,
doch alsbald in einen Jubelschrei ausbrachen.
„Baut einen Stall - Männer, auf dem Wagen findet ihr
Bauholz!" Rief er übermütig grinsend, sprang vom Pferd
und eilte mir augenzwinkernd entgegen.
Er schloss mich ungestüm in seine Arme und zog mich ins
Haus.
Dieser erfreuliche Umstand, veranlasste mich, meinen
Fortgang um ein paar Tage, aufzuschieben. Doch mein Bündel
war gepackt, mein Entschluss zu gehen, unumstößlich.
„Heute Abend werde ich wie immer gehen. Doch morgen
komme ich nicht mehr!" Eröffnete ich, ohne viel
Herumgerede.
„So willst du mich wieder einmal verlassen, wie du mich
immer verlassen hast. Ich hätte es wissen müssen",
zischte er verächtlich und wendete sich grollend ab.
„Ach Justin, was redest du für einen Unsinn, du bist so lange
ohne mich ausgekommen. Wir sind nicht für einander
bestimmt. Du lebst dein Leben und ich meines."

„Du willst mir also zu verstehen geben, dass du mich nicht mehr sehen willst, während ich in heißer Glut für dich brenne!"

„Nein, versteh mich nicht falsch. Ich werde natürlich gelegentlich nach euch schauen, sehen wie alles läuft.
Aber deine mitleidheischenden Sprüche, rühren mich nicht mehr. Denn ich weis, bin ich dir aus den Augen, so auch aus dem Sinn. Uns kann es nicht zusammengeben, wir sind wie Feuer und Wasser. Zudem wären wir uns unter normalen Umständen, nie begegnet.
Wenn ich mich recht entsinne, bist du erst 2040 geboren. Wohingegen ich, bereits im Jahre 1947 das Licht der Welt erblickte. Also, dass ich demzufolge zu der Zeit eine 93 Jährige Greisin war, welche dir mit weit über hundert Jahren in deinem Jünglingsalter, mit Sicherheit, nicht den Kopf verdreht hätte.
Nur unsere Fähigkeit, der Zeitensprünge, haben eine Begegnung für uns ermöglicht.
Seitdem war es immer wie ein Würfelspiel, uns zu begegnen, bisweilen romantisch und verzaubert.
Bis du die ungeheuerliche Dreistigkeit besessen, hast den Robby für deine Zwecke zu manipulieren.
Somit hast du alles Geheimnisvolle neutralisiert und gleichsam durcheinandergebracht. Nun hat alles seinen besonderen Reiz und Zauber der Zufälle und Romantik verloren.
Alles ist knallhart von dir vorkalkuliert. Es gibt keine

geheimnisvollen Zufälle mehr. Du hast alles verdorben,
was ein erwartungsvolles Leben mit dir ausmachen könnte.“
Er schnaubte aufgebracht und maß mich mit bösen Blicken.
„Was redest du da. Willst du mich als übergeschnapptes
Monster hinstellen? Ich kann es nicht glauben, was du mir da
unterstellst,“ polterte er, uneinsichtig.
„Nun, du musst doch zugeben, dass ... Ach so bist du nun mal.
Du wirst dich niemals ändern,“ murmelte ich verzagt.
„Also bis dann, bis bald!“ Rief ich, ehe ich der Stute die
Sporen gab und davonbrauste.

Acht Wochen werkelte ich friedlich in meinem Reich.
Bis ich es an der Zeit sah, bei meinen Schützlingen nach dem
Rechten zu sehen.
Der März war vergangen. Die Krokusse im Garten waren
verblüht. Die Narzissen begannen zu welken. Doch die Tulpen
reckten ihre stolzen Köpfchen in aller Schönheit der Sonne
entgegen.
Versonnen betrachtete ich die Obstbäume, die in üppiger
Blüte prangten und eine reiche Ernte versprachen.
Hier war mein Garten Eden.
Ich sollte längst bei meinen Schutzbefohlenen im Camp sein.
Es ist höchste Zeit, dort nach dem Rechten zu sehen.
Doch mir fehlte der rechte Antrieb.
Was ist los mit mir? Ich fühlte mich träge und ausgelaugt.
Nun, so werde ich mich mit Hilfe Robbys, verjüngen,
wie so oft schon, ist es doch eine schmerzlose Prozedur.
Am besten noch heute, sonst verliere ich noch gänzlich
die Lust. Und morgen in aller Frische, werde ich meinen

unaufschiebbaren Gang antreten.
Drei Jahre, waren vorerst genug. Sie werden keinem auffallen.
Ach Robby, die Zeit ist so endlos lang und man hat dir die
Macht genommen, mich wie immer sicher zu geleiten.
Gebe Gott, das ich heute die rechte Zeit antreffe!"
Sprach ich zu dem stummen Roboter.
Im erwünschten Glauben, meine deutlichen Worte, haben
etwas bei Justin bewirkt und ihn zur Einsicht gebracht,
betrat ich die Höhle. Doch ein Zweifel blieb.
Mit einem mulmigen Gefühl trat ich aus der Höhle.
Befreit aufatmend, gewahrte ich das Dorf, wie ich es
verlassen hatte.
Nach meinem neuerlichen Einstieg, hatte ich reichlich
selbstgebackenen Zwetschgenkuchen mitgebracht.
Im Nu war eine provisorische, lange Tafel aufgebaut.
An der sich die Dörfler, erwartungsvoll, doch verwundert,
drängten.
„Zwetschgenkuchen im Frühling?"
Justin zeigte sich freudig - gab sich charmant und fürsorglich,
bemüht um mich.
Die Saat war aufgegangen. Die Felder prangten im sattem
Grün und wiegten sich im Winde. Bohnen und diverse
Gemüsepflanzen zeigten die ersten Blüten und Knospen.
Befriedigt betrachtete ich die Wunder der Natur.
Meine Bemühungen und Ratschläge würden reichlich Früchte
tragen. So hatte sich meine Mühe gelohnt.
Keiner würde mehr Hunger leiden.
Die Kälber und Lämmer stolzierten auf hohen Beinen und

setzten bereits Fett an. Die Küken waren zu stattlichen
Hühnern und properen Enten herangewachsen, die friedlich
gurrend und lebhaft schnatternd, den Platz belebten.
Das wackere Dorfvolk, hatte nach meinen Ratschlägen,
gute Arbeit geleistet.
„Vortrefflich - ihr wart sehr fleißig!" Lobte ich sie
überschwänglich.
So gab es vorerst nichts Umwerfendes mehr für mich zu tun.
Justin, der mich auf meinem Erkundungsgang begleitete,
musterte mich misstrauisch.
„Alles hat sich prächtig entwickelt. Meine Mission ist erfüllt,"
stellte ich überzeugt fest. „So ist meines Bleibens nicht mehr
gefragt. Diese Phase ist abgeschlossen," tat ich erleichtert,
lachend kund. „So kann ich jetzt guten Gewissens gehen -
leider," fügte ich hinzu. Denn ich hatte Justins finstere Mine
bemerkt.
„Komm Justin, mein Freund, lass uns dem Trubel hier
entfliehen und einen belebenden Spaziergang bis in den Wald
machen. Nur wir beiden allein. Ich kann nicht genau sagen,
wann wir uns wiedersehen," plauderte ich scheinbar
unbekümmert.
Während ich mich vertraut bei ihm einhakte und ihn in
Richtung des Waldes zog.
„Aber ich - ich weis es," fuhr er mich zornbebend an.
„Ich bin kein dummer Junge mehr, den du an der Nase
herumführen kannst. Du hast mich lange genug zum Narren
gemacht. Jetzt ist Schluss mit deinen listigen Spielchen
und Ausreden," fauchte er wutschnaubend.

„Aber geh nur - geh, wenn ich dir zuwider bin. So geh doch,
wenn du glaubst, der gute Robby würde dich brav in deine
kostbare Zeit befördern ha - ha.“
Einen Moment war ich perplex. Doch ich zeigte mein
Entsetzen nicht.
Ich hätte wissen müssen, dass er sich seiner altbekannten
Methode bedient.
„Wenn du glaubst, mich so abstrafen zu können, weil ich dich
nicht genug bewundere und du meinst, mich so strafen zu
müssen wie ein ungehorsames Kind, so täuscht du dich.
Denn ich bin freiwillig und gerne hier. Wenn ich auch deine
Gegenwart unfreiwillig ertragen muss,“ konterte ich.
„Oh du Miststück, du verwerfliches Luder, mit deiner spitzen
Zunge. Du wirst noch froh sein, wenn ich dich noch eines
Blickes würdige,“ fauchte er wütend.
Harte Worte im Zorn ausgesprochen und Stunden später
schon wieder bereut und vergessen.

Die Tragik meiner Situation, nahm ich äußerlich gelassen.
Was nutzt jetzt Zetern und Schäumen. Das Leben geht
irgendwie weiter. Carla, mach das Beste daraus,
ermutigte ich mich.
Mit einem perversen Hitzkopf unter einem Dach zu leben,
erforderte miteinander auszukommen, den Tag und die
langen Nächte miteinander zu teilen.
Darüber hinaus, nahm mich meine neue, aufgezwungene
Familie voll in Beschlag und hielt mich halbwegs bei Laune.

So bereitete es mir ein albernes Vergnügen, dem jungen Spross Charlenes, als einziges Kleinkind dieser Zeit mit Pampers versehen, das Laufen beizubringen.

Der Frühling war längst in den Sommer übergegangen. Trotz meiner vielseitigen Anforderung und randvoll ausgefüllten Tagen, verzichtete ich nicht, um allein zu sein, auf ausgiebige Wanderungen, um bei der Gelegenheit, Heilkräuter und Pilze zu sammeln.
So blieb es nicht aus, dem einen oder anderen der Männer aus Justins Truppe zu begegnen.
Nun - es waren derer nur drei, die Justin in das Dorf begleitet hatten. Die restlichen Abenteurer lagerten im Camp am See, in friedlicher Gemeinschaft mit der Räuberbande.
Justin indes, probte eine seiner neu zusammengebastelten Erfindungen - Ackergeräte, welche die Feldarbeit erleichtern sollten.
Wobei er schwitzend und fluchend, voll in Anspruch genommen - mich nicht bemerkte.
Ich schlenderte gedankenversunken an den Feldern vorbei, in den nahen Wald. Wo ich Perlpilze zu Hauf und die ersten Maronen, Steinpilze und Rotfußröhrlinge wusste.
Auf dem Rückweg würde ich ein paar frühe Kartoffeln ausbuddeln, überlegte ich.
Als sich eine Gestalt aus dem Dunkel der Büsche löste.
Wie gebannt starrte ich auf den einsamen Wanderer, der mir entgegenkam. Er glich in Statur, Körperhaltung und Frisur - einem im Nacken gebundenen Pferdeschwanz, meinem Gatten.

Ein warmes Gefühl durchströmte mich.

Doch wie unvernünftig von ihm, hier aufzukreuzen.

Oh Liebster, hier ist es gefährlich für dich, Justin wird dich hier niemals dulden, war ich versucht, ihm zuzurufen.

Doch im näherkommen, klärten sich seine Konturen.

„Oh - lala - die holde Gattin des Häuptlings in aller Herrlichkeit und Grazie. Welch eine himmlische Fügung, die göttliche Nymphe allein anzutreffen." Er verbeugte sich, mutwillig lachend und reichte mir seinen Arm.

„Ich bin hocherfreut. Euer Anblick beflügelt die Sinne und entschädigt einen Mann nach all den Härten und der Trübsal dieser Zeit," fügte er, augenzwinkernd hinzu.

„Ein munterer Plausch unter Gleichgesinnten, in dieser gottverdammten, urigen Zeit, belebt das Gemüt,"
ergänzte er, seinen Wortschwall.

Vermutlich hielt er meine Aufmerksamkeit, die sich als Täuschung entpuppte, für eine Aufforderung zum Flirten.

„Wir könnten einen romantischen Ausritt machen, Schönste aller Schönen, ich habe meinen Gaul etwa eine Meile von hier im Wald untergebracht. Dort steht ein Pferdestall hinter einer komfortablen Hütte - ein Häuschen das keine Wünsche offenlässt. Gott weis, wem sie einst gehörte - worin jetzt zwei meiner Kumpels ihr Lager bezogen haben.

Die anderen meiner Truppe lagern im Camp am See, einen halben Tagesritt entfernt von hier. Es ist sehr interessant, das Leben unter ihnen in allen Facetten zu erforschen.

Begleitet mich doch, wenn ihr den Mut habt.

Meine Männer sind bestens mit Waffen ausgerüstet.

Ihr seid also gut behütet. Euer Gatte ist zu beschäftigt.
Er wird euch kaum vermissen." Fuhr er unbeirrt fort, mich zu ermutigen.
„Nicht so ungestüm fremder Mann. Es erscheint mir, als glaubst du dich in einem Theaterstück der Renaissance und leierst deinen einstudierten Text - glaubst deine gewagten, übertriebenen Sprüche könnten mir imponieren. Du solltest doch wissen, dass ich keineswegs aus der Antike oder gar aus dem Mittelalter und dessen hochtrabenden Redensübertreibungen entstamme.
Auch wenn ich das Mittelalter zur Genüge erlebt habe."
Aus dem Konzept gebracht, schnappte er sichtlich nach Luft.
„Und der Justin," fuhr ich fort. „Der ist gewiss nicht mein Gatte. Wenn er auch glaubt das er... Ach lassen wir das, es ist unwichtig. Wohl aber, komme ich gern auf dein Angebot zurück, das Räubercamp mit dir zu besuchen, wenn es meine Zeit erlaubt.
Heute jedoch, will ich meinen Korb mit Pilzen füllen.
Wie du siehst, habe ich gerade damit begonnen!"
„Oh lass sehen. Echte Waldpilze. Hm, wie sie duften.
Bei uns zuhause gibt es kaum noch richtige Wälder.
Außer das Erzgebirge. Das jedoch nutzen wir anderwärtig.
Pilze werden in großen Gärtnereien und Fabrikanlagen gezüchtet, sie schmecken nicht mehr wie echte Waldpilze," bemerkte er sinnend.
Er trug meinen Korb und half mir, wenn auch unwissend, doch eifrig, ihn zu füllen.

„Nun ist es genug, meine Enkel werden schon ungeduldig auf mich warten," beendete ich unseren Ausflug.
„Wann sehe ich dich wieder, kleine Waldelfe. Kann ich schon Morgen auf dich hoffen?".
„Nun ja - warum nicht." Entgegnete ich leichtfertig.
Denn ich sah meine Chance, Ture, den rotbärtigen Räuberhauptmann, der mir ständig im Kopf herumgeisterte, noch einmal zu sehen.
Meine Güte, welch einer gestelzten Redensart, sich mein zufälliger Begleiter bediente. Wie ein Poet aus der Ritterzeit.
Vermutlich war er hochgebildet und hatte reichlich historische Literatur gelesen.

Justin war auch den folgenden Tag früh aus dem Haus gegangen, um seine Neuerfindung nutzbringend anzuwenden.
So stand er mir nicht im Wege, meinen skurrilen Ausflug zu behindern.
Nach einem ausgiebigen Frühstück, mit selbstgebackenem Brot und kalten Braten vom Vortag, inmitten der quirligen Kids, schlich ich mich aus dem Haus.
Nicht ohne ein reichhaltiges Lunchpaket unter meinem Cape zu verbergen.

Ich sattelte die Stute und galoppierte davon.
Nun, einen Ausritt, würde keiner der aufmerksamen Dörfler, die mir begegneten, verdächtig halten.
„Oh sie kommt wirklich. Ich habe es kaum zu hoffen gewagt.

Ich warte schon seit Stunden." Begrüßte er mich strahlend.
„Welch ein edles Pferd und erst die rassige Amazone.
Welch ein Glück mir zuteil ist," sülzte er.
„Auch ich habe mein Pferd schon in aller Frühe gesattelt.
So lass uns keine Zeit verlieren, der Weg ist weit und
beschwerlich."
„Oh ich kenne den Weg sehr gut - habe ihn tausendmal schon
zurückgelegt, wenn auch 3000 Jahre später. Doch ich erkenne
die unvergänglichen Zeichen - erkenne die Felsgebilde an
denen der Weg, links oder rechts vorbeiführt. Doch außer der
Entfernung, zeugen nur noch Bäche, Tümpel und ein paar
übrig gebliebene Waldstücke zwischen den Dörfern.
Der Bewuchs allerdings, hat sich im Laufe von 3000 Jahren,
sehr verändert und erinnert kaum noch an den derzeitigen
Urwald, durch den wir uns jetzt plagen," seufzte ich.
„Ja, solch eine gewaltige Zeitspanne überwinden zu können,
ist phänomenal und unglaublich. Man meint bisweilen,
allmächtig zu sein.
Doch die Realität holt uns augenblicklich wieder ein,"
bemerkte er sinnend.
Für einen weiteren Gedankenaustausch, fehlte uns die
Gelegenheit.

Wir ritten zügig, ohne eine Pause einzulegen.
„Jetzt ist es nicht mehr weit. Der Wald lichtet sich. Dort hinter
der Riesen Eiche … Bist du bereit?

Oh - du bist ganz blass - jetzt verlässt dich der Mut.
Ich muss ehrlich zu geben, es ist nicht ganz ungefährlich für
dich.
Bedenke, eine Frau wie du, so einmalig - aeh - bezaubernd,
reizvoll, ist diesen Barbaren mit Sicherheit noch nicht unter
die Augen gekommen.“
„Ach deine Schmeicheleien und Sprücheklopfen ist zur Zeit
nicht angebracht,“ bemerkte ich unbehaglich.
Der Wald endete.
Vor uns breitete sich das mir wohlbekannte Lager aus.
Noch waren wir von dichtem Buschwerk verdeckt.
Ehe ich mich versah, erblickte ich den Rotbart. Er hockte auf
einem Baumstumpf und schaute versonnen in den Wald.
„Ach der, der sitzt dort jeden Tag und starrt in den Wald,
als erwarte er ein Wunder. Alle schmunzeln über ihn.
Es war Ture, der rothaarige Krieger so gefürchtet und doch so
vertraut. Ture der heißblütige Wüstling, der so vielfältige
Emotionen in mir wach rief.
Noch hatte er mich nicht gesehen.
Wie er so allein und verträumt dort kauerte, hatte er allen
Schrecken für mich verloren und so sollte es auch bleiben.
„Oh mein Gott - ich kann nicht mehr weiter, keinen Schritt.
Lass uns auf der Stelle umkehren, bevor etwas schreckliches
geschiet!“
„Ich bin gut bewaffnet. Hier schau, mein M.G. zudem sind
dort meine Kameraden - bereit dich zu schützen.“
„Nein und nochmals nein. Ich werde keinen Meter mehr
weiterziehen. Es tut mir leid, dich zu solch einem irrsinnigen

Unterfangen ermutig zu haben," murmelte ich, - wendete
entschlossen mein Pferd und stob wie in Panik davon,
den Weg zurück.
„Halt so warte doch," rief er mir hinterher.
In Windeseile holte er mich wieder ein.
„Ich war es doch, der dich zu diesem Trip ermutigt hat.
So muss ich mich mit den Konsequenzen abfinden.
Mein Pech, aber kein Weltuntergang!"
„Nun habe ich dir den Tag gründlich verdorben," sagte ich
zerknirscht.
„Aber nein. Es ist mir ein Vergnügen, mit einer so reizenden
Frau, meine Zeit zu verbringen."
„Ach, lassen wir die hochgeschraubten Phrasen und die
Situation nüchtern und sachlich betrachten und uns einer
zivilisierten Sprache bedienen.
Die Realität verlangt Aufklärung.
Also: - Ich bin Carla von Elzen, eine normal Sterbliche.
Auch wenn ich mich gelegentlich wie ein Übermensch fühle.
Ich komme ursprünglich aus dem Jahre 1999.
Als ich durch Zufall, den Zeitkanal entdeckte und somit zur
Zeitenreisende wurde."
„Ich heiße Frank Müller, doch was du sagst ist phänomenal,
so trennen uns exakt 300 Jahre. Denn ich komme aus dem
Jahr 2300, welches mir bisweilen utopischer erscheint,
als das beschauliche Leben dieser Zeit," entgegnete er.
„Wenn du mit beschaulicher die stetig befürchteten Überfälle
der wilden Horden, die mordend, plündernd und
brandschätzend durch die Lande ziehen, meinst, so muss ich

dir widersprechen!"

„Aber du stehst doch unter dem Schutz von Justin, deinem Liebsten und seiner Kampftruppe, zu der auch ich gehöre."

„Ach der Justin ist nicht mein Liebster, wenn du das glauben solltest. Eher sehe ich mich als seine Gefangene.
Wie dumm ich war, denn ich selbst habe mich in diese Situation begeben," bekannte ich, seufzend.

„Ah - ich verstehe - nein das verstehe ich nicht!
Denn Justin hat überall Frauen. Von einer derzeitigen Ehefrau, war mir jedoch nichts bekannt. Deshalb war ich sehr erstaunt, als man mir von einer Gattin berichtete. Was sich nun als Klatsch herausstellt hat." Berichtete er.

„Nun er selbst hat mich als die Mutter seiner Tochter vorgestellt. Woraus natürlich alle schließen, dass ich seine Frau bin. Hochzeiten haben hier zur Zeit ja keine große Bedeutung. Man ist automatisch miteinander verbunden, wenn man sich zusammentut und Kinder aus dieser Verbindung hervorgehen. Der Mief und Dünkel der Kleinbürgerlichkeit, das Klischeedenken dieser Zeit, hat sie irregeführt. Nun sitze ich hier fest, obwohl das Zeitentor so nahe ist."

„Aber warum gehst du nicht einfach zurück?"

„Ach das Scheusal hat Robby, den Zeitenlenker umprogrammiert, wenn du verstehst was ich meine - so das ich meine Zeit nicht mehr erreichen kann!"

„Oh wie pervers und hinterhältig. So werde ich sehen, was ich ausrichten kann. Obgleich es mir schwer fallen wird - aeh, ich werde dich sehr vermissen."

Unterdessen hatten wir eine Rast eingelegt. Bei kaltem Braten
und vollmundigen Vollkornbrot, ließ es sich vortrefflich
plaudern.
„Genug jetzt der unangenehmen Dinge. Ist es nicht herrlich
hier? Wir sollten den Tag genießen. Erzähle lieber von deinem
Leben - von deinen Zeitreiseerlebnissen!"
„Ja gerne, denn es ist immer wieder wie ein Wunder,
die Zeiten nach Belieben wechseln zu können.
Bisweilen mutet es an, als existieren alle Zeiten gleichzeitig.
Doch das ist nur Illusion. Wie ich schon sagte, ist meine
Realzeit 2300. Doch in welchem Jahr ist dein zuhause.
In welche Zeit zieht es dich?"
„In das Jahr 1902, zieht es mich," antwortete ich, seufzend.
„Ah - ja, dort wartet sicher ein überarbeitender Ehemann auf
dich, der dich liebt und vermisst, doch dich sträflich
vernachlässigt hat," erriet er treffend.
Ich nickte nur. Mir versagte vor Rührung die Stimme.
Während ich mir meinen Liebsten voller Trauer und besorgter
Miene vorstellte. Aber war es nur Mitleid mit ihm und nicht
mit mir selber?
„Doch er wartet vergebens auf mich," hauchte ich,
mit tränenerstickter Stimme.
„Ach der Ärmste, in seiner Haut möchte ich nicht stecken."
Abrupt wechselte er das Thema, welches ihm offensichtlich
nicht behagte.

„Wenn du glaubst, alle Zeiten sind beliebig verfügbar, so sind uns doch Grenzen gesetzt," fuhr er fort, mich zu belehren. Wenn euch auch das Jahr 2300, wie die fernste Zukunft erscheinen mag, denn von deinen 19 Hundert und erst recht von hier, also dieser Zeit, kannst du weit - weit in die Zukunft reisen... Wir aber, die dort leben, können nicht weiter in die Zukunft vordringen, denn die existiert ja noch gar nicht. Hier endet die Zeit!"

„Oh das wusste ich nicht," wisperte ich ergriffen und schwieg nachdenklich eine Weile. Doch meine Wissbegier verlangte nach mehr Aufklärung.

„Wie läuft denn dein Leben im Jahre 2300? Vermutlich schwimmst du in Luxus - führst ein großes Anwesen mit parkähnlichem Garten - mit Swimmingpool und unzähligen Dienstboten - einer wunderschönen Gattin und einer beachtlichen Kinderschar, die sehnsüchtig auf dich warten. Darüber hinaus, sitzt du im Bundestag - thronst dort wie ein König und feilst an den Gesetzen über das Volk - eure entmachteten Untertanen - eure Arbeitstiere!"

„Oh, es ist gewiss nicht leicht und einfach über ein Volk zu herrschen," seufzte er. „Nun ja, du vermutest richtig. Eine Villa mit Park und Swimmingpool nenne ich mein Eigen. Doch keine Ehefrau, noch Kinder erwarten mich. Mögen auch sieben Sprösslinge aus meinen Lenden gezeugt herumschwirren. So ist das Haus doch leer, bis auf meinen ältesten Sohn. Zwei Ehefrauen haben mich mit samt den

Kindern verlassen. Ich war ihnen zu unsolide.
Kein Haustrottel und Pantoffelheld, der den halben Tag vor
dem Fernseher vertrödelt. Der sich dösend in der Sonne
liegend, langweilt und abends den Partylöwen gibt.
Du glaubst gar nicht, wie anödend so ein Leben ist.
Ich hingegen, bin ein Mann, der nach Herausforderungen
und Abenteuern lechzt, nachdem ich alles erreicht habe."
„Ja gut - du gehörst also zu den mächtigsten der Welt.
So zählst du dich zur High Society, verkehrst mit dem Jetset,
den Reichsten und Schönsten. Suff, Drogen und Nutten bis
zum abwinken. Na ja, doch wohl eher Champagner und
Edelhuren."
„Bah - die künstlichen Weiber. Keine von denen ist echt - so
wie von Gott erschaffen. Mit dreißig schon, lassen sie sich
liften. Mit sechzig ist ihr Gesicht eine Maske und mit achtzig
nur noch eine Fratze. Meine eigene, hundertjährige
Großmutter, sieht aus wie ein Zombie. Ihr Gesicht ist nahezu
faltenlos. Doch ihre Mimik gleicht der eines außerirdischen
Wesens - bis zur Unkenntlichkeit verzogen und verunstaltet.
So sehnt „Mann" sich nach echter, natürlicher Schönheit.
Dem Reiz nach graziler, anmutiger Ausstrahlung, dem Urbild
des klassischen Weibes, mit Lachfalten und lebendigen
Spuren des Lebens.
So gelob ich mir ein reelles Leben unter normalen Menschen.
Doch nicht jedem ist es gegeben, durch die Zeiten reisen zu
können. Die festgelegte Zeit ist es, die dem Menschen immer
wieder Grenzen setzt!" Betonte er.
„Was du mir da offenbarst, verwirrt mich zutiefst und macht

mich nachdenklich über den Sinn des Lebens.

Du sagtest doch, wir sind auserkorene und sollten unsere Gabe nutzbringend anwenden. Welchen Nutzen aber, bringen Justins verwerfliche Aktionen mit den Tierversuchen?"
Änderte ich das Thema.

„Oh, so unsinnig ist das Unternehmen nicht.

Es sollte die Menschen wach rütteln, zu ihrem Ursprung, zu ihrer Bestimmung zurück zu finden. So ausgeartet und gleichsam eintönig, um nicht zu sagen, stumpfsinnig sie geworden sind. Selbst die Urinstinkte sind ihnen abhanden gekommen. Ein simpler Stromausfall, ist für sie, wie das Weltenende. Sie sind perspektivlos und nicht mehr vorausschauender, als die Niederschicht - der Abschaum, die unberührbare Karste, die kaum mehr als die ersten Urmenschen im Hirn haben und die Gesellschaft der Oberen nur vergrämt und belastet.

Die Abspaltung begann schon vor mehr als dreihundert Jahren.

Als einst vor langer Zeit, eine sehr ansteckende Seuche - Corona hieß sie wohl, sich ausbreitete, ging man dazu über, den Schulunterricht auf freiwilliger Basis zu erlauben.

Damals begann die Auslese der heute Privilegierten.
Die Ehrgeizigen und Streber, pellten sich heraus.

Ein kleiner Teil Cleverer und Gebildeter, erhob sich über die gleichgültigen Unwissenden. Während der größere Teil versumpfte und nach Generationen total verblödete.

Doch die oberen Zehntausend, der sogenannte Jetset, die moralisch Verkommenen, die ausschweifend nur ihrem

Vergnügen leben, sind es vielmehr, die heute unsere
Gesellschaft zerstören. Wie heilsam wäre es, sie diese urige
Zeit erleben zu lassen.
Denk nur, sie müssten eigenhändig Brenn und Bauholz für
ihre Unterkünfte beschaffen. Jagen im Schweiße ihres
Angesichtes, ackern, säen, pflanzen und ihr Brot selber
backen. Undenkbar ... Gleichwohl ist es zu spät. Sie würden
nicht überleben.
Sind hingegen wir beide, nicht für einander geschaffen?"
„Ich weis nicht recht. Ich glaube zu mir passt eher ein ruhiger
Pol, ein sensibler Partner, der mich auffängt und bremst,
wenn nötig. Wir sind zu gleich und dennoch so
unterschiedlich wie Feuer und Wasser.
Zwischen uns beiden kann nie eine Harmonie erwachsen.
Unser bisheriges Leben, könnte unterschiedlicher nicht sein.
Doch als guten Freund und treuen Gefährten, kann ich mir,
dich gut vorstellen", räumte ich versöhnlich ein.
„Nun denn, so sei es. Man kann nicht alles haben,"
entgegnete er, enttäuscht sich abwendend.

Die Sonne hatte sich hinter düsteren Wolken versteckt.
Unser Weg war noch weit und drängte uns zum Aufbruch.
Als wir nach Stunden das Häuschen im Wald erreichten,
welches einst Justins Exil war und nun als willkommene
Unterkunft, für drei Abenteurer diente, ermutigte ich Frank,
dortzubleiben.
Den Rest des Weges, konnte er mich getrost alleine weiter
reiten lassen. Missmutig ließ er mich ziehen.
Kaum dass ich allein war, überkamen mich die Auswirkungen

des Erlebten, überfielen mich mit aller Macht.
Mein Gott, ich habe Ihn - Ture den Rotbart gesehen, vor
wenigen Stunden erst und mein Herz hat wild - bis zum Halse
gepocht, so wie früher immer bei Günter.
Doch er ist nicht der gutmütige, rechtschaffene Günter.
Er ist ein Verbrecher übelster Sorte, ein Unhold - ein Monster,
wild und ungebändigt.
Nicht zuletzt, drängte es ihn, Frauen zu unterwerfen,
sie seine Macht und Stärke spüren zu lassen.
Fürwahr, ein übler Zeitgenosse. Doch wenn die Frau, seiner
hitzigen Genüsse sich freiwillig in seine Hände begibt - ihm
somit den Wind aus den Segeln nimmt?
Spann ich meine Überlegungen weiter.
Einen unbegreiflichen Schauer der Lust verspürend.

Als ich aus den Wald ritt und das Dorf vor mir auftauchte,
gewahrte ich das Lager in heller Aufregung.
Alle Bewohner liefen bedrückt durcheinander, zwischen ihnen
sah ich Justin in unbändigem Zorn, wüten.
„So dankt ihr mir also meine aufopfernde Hilfe. Wie konntet
ihr sie am hellen Tag, von irgendwelchen, lüsternen Halunken
entführen lassen? Ihr Hohlköpfe.
Glaubt nicht eure Gleichgültigkeit, hat keine Folgen für Euch.
Ich werde keine Nachsicht walten lassen.
Macht Euch gefasst, auf eine stränge Bestrafung, wenn wir sie
nicht finden, wird euch ...“
„Was ist denn hier so fürchterliches geschehen?“
meldete ich mich, scheinbar verwundert.

Doch ich wusste sehr wohl, was den Aufstand verursacht hatte.

„Da bist du ja - verdammtes Weib. Wo hast du dich herumgetrieben den ganzen Tag?"

„Was regst du dich so auf - bin ich nicht frei, auszureiten solange ich mag und wohin ich will?"

„Ja - ja schon gut," maulte er, erleichtert.

Er hob mich ungestüm vom Pferd und zerrte mich mit eiserner Hand ins Haus, wo Charlene mit den Kindern neugierig wartete - erlebnishungrig - genussvoll meiner Bestrafung beizuwohnen.

Ich glaubte gar ein hämisches Grinsen in ihrem Gesicht zu sehen.

„Was ist, was gibt es zu glotzen?

Schert euch raus, - Schhh..." scheuchte er sie ungehalten aus der Diele und schloss hinter ihnen die Tür.

„Nun - so rede," begann er erneut das Verhör.

„Herr Gott, ich bin in fürsorglicher Begleitung von einem deiner Kumpels, Frank, ausgeritten und haben wohl die Zeit vergessen."

„Ach ja, man nennt sich schon beim Vornamen, wie weit reicht eure Intimität?"

„Was glaubst du von mir, was interpretierst du in einen harmlosen Ausflug, mit einem deiner Kumpels. Missgönnst du mir ein bisschen Freiheit und Abwechslung. Du hast ja keine Zeit für mich. Fortwährend bastelst du an irgendwelchen Geräten."

„Ja - ich nehme meine Aufgaben ernst, rackere mich ab,

bemüh mich nach Kräften den wackeren Bauern das Leben zu erleichtern. War das nicht auch dein Ansinnen?"

„Nun ja, du kannst auch meine Erfolge nicht bestreiten. Auch ich habe mich wahrlich abgerackert. Doch nun ist es genug für mich, doch du lässt mich nicht gehen - hältst mich wie eine Gefangene.

Ich warne dich. Wenn du mich nicht innerhalb der nächsten zwei Tage gehen lässt, werde ich zu Frank in das Waldhaus übersiedeln. Dann hast du all deine Männer gegen dich und..."

„Was sagst du da?" Stieß er ungläubig hervor.

„Ja, ich meine es Ernst," bekräftigte ich.

„Du willst mich erpressen? Nun denn - wenn du mir versprichst, dass du ... Ach es ist sinnlos dich aufhalten zu wollen. So geh in deine heile Welt. Ich weis ja das du wiederkommen wirst - irgendwann.

Dich hält es nicht lange bei deinem braven, biederen, langweiligen Gatten!"

Jetzt da ich sicher war, gehen zu können, hatte ich plötzlich keine Eile mehr zu gehen. Ich hatte mich an die Kinder gewöhnt. Zu Charlene jedoch, hielt ich Abstand.

Bei meinem nächsten Ausritt, drei Tage später, traf ich Frank am Waldesrand, der dort Bäume zum Fällen markierte.

„Ich habe von der großen Aufregung um deinen Verbleib erfahren," grinste er spöttisch.

„Wie ich sehe hast du die Moralpredigt, unbeschadet überstanden," ergänzte er.

„Ach, ein Sturm im Wasserglas, der sich schnell geklärt und gleichermaßen etwas Gutes bewirkt. Stell dir vor, er hat mir freien Zugang durch das Zeitentor gewährt."

„Vortrefflich, denn so kann auch ich aeh - ich mit dir einen Trip in meine Zeit machen. Was hältst du davon, einen Tag lang meine Welt zu erleben? Hast du auch keinen Bezug zu dieser Zeit, da es für dich ja ferne Zukunft ist, so solltest du sie dennoch mit eigenen Augen sehen und erleben!"

„Da täuschst du dich, wenn du glaubst, ich hätte keinen Bezug zu dieser Zeit, denn Zufällig ist sie auch meine Zeit," bemerkte ich, vielsagend.

„Was meinst du damit: Sie ist auch deine Zeit. Wie soll ich das verstehen?"

„Nun, ganz einfach: Sie ist meine Realzeit. Denn wenn ich mich auch ständig in das 19. Jahrhundert versetze - also die Waage um die Zeitspanne von 18 bis 20 Hundert gehalten hätte, säße ich jetzt eben dort! Möglicherweise wären wir uns schon längst begegnet."

„Ich verstehe nicht ganz. Wie kann das sein? Soll das heißen,
du bist in Wahrheit 300 Jahre? Das wäre ungeheuerlich."
„So ist es," bestätigte ich, ernsthaft.
„Aber wie ist das möglich?"
„Nun, ich bin nahezu unsterblich," flunkerte ich schmunzelnd.
Doch um ihn nicht vollends zu verwirren, fügte ich hinzu:
Weist du nicht, dass man sich im Zeitkanal verjüngen kann?
So halte ich meinen Körper und mein Erscheinungsbild
konstant auf etwa vierzig bis fünfzig Jahre.
Nun ja mit Ausnahmen auch mal um einiges älter.
Obgleich meine Seele und mein Geist, also mein reelles Alter
unterdessen über 300 Jahre auf Erden beträgt.
So ist mein Wissen unterdessen das einer ehrwürdigen
weisen Greisin und wenn ich recht bedenke, so sind es viel
mehr als 300 Jahre, denn bei meinem ersten Eintritt durch
das Zeitentor, war ich bereits fünfzig Jahre, wenn ich mich
recht erinnere.
Oh, ich habe viel erlebt in der langen Zahl der Jahre - das
kannst du mir glauben."
„Wow - 350 Jahre. Dafür hast du dich gut gehalten.
Wenn ich dich so ansehe, bist und bleibst du für mich die
reizvollste Frau die ich je gesehen habe. Ich muss gestehen,
ich habe mich total verliebt in dich."
„Ach ihr Männer, egal welchen Alters, ihr seid so leicht
entflammbar - verknallt euch so schnell. Selbst ein so
gestandenes Mannsbild wie du, steht bald lichterloh in
Flammen, total verblendet."
„Ja das bin ich. Du strahlst eine magische Anziehungskraft

aus, wie - aeh, ein sonniger Frühlingsmorgen, nach einem langen, düsteren Winter.
Die Dörfler behaupten gar, du seist eine Göttin,
die Göttin der Lüfte und der Morgenröte der kräftigenden Sonne!"

„Sie verkörpern die nordische Mythologie, der alten Germanen. Sie sind in ihrem Glauben gefangen.
Das irrgläubige Volk, mag wohl vieles in mir sehen, in ihrer beschränkten Weltauffassung - übernatürlicher Sinnestäuschungen, von Geistern - Fabelwesen umnebelt", murmelte ich. „Doch du, als gebildeter Mann? Womöglich siehst du mich als deine dritte Ehefrau oder du malst dir eine glühende Romanze mit mir aus," schmunzelte ich, vieldeutig.

„Verbindet uns nicht längst eine zarte Romanze, raunte er.
Ich kann an nichts Anderes mehr denken, als endlich mit dir..."

„Nun, schon möglich, warum nicht," entgegnete ich zögernd und fasste nach seiner Hand.

„Ja - ich bin bereit, einen Trip in die ferne Zeit 2300 mit dir zu wagen", bekundete ich, ohne rechte Überzeugung.
Doch nur für einen Tag, das bin ich mir selbst schuldig," fügte ich, nachdrücklich hinzu.

„Doch bedenke wie erschreckend, ja erschütternd es für mich sein wird, von all meinen Verwandten und vertrauten Freunden, keine Spur ihrer Existenz mehr vorzufinden.
Nicht einmal ein Grabstein zeugt von ihrem einstigen Dasein.
Alles ist vergangen - vom Zeitenstrom verweht.
Selbst von meinen Ur - Ur - Ur Enkeln, wenn es denn welche

gab, wird nach so langer Zeit, keiner mehr vorhanden sein.
Die Zeit ist zu lang. So ist die Zukunft gleichsam
Vergangenheit für mich. Ich muss mich wappnen und stark
sein, dass alles zu ertragen," seufzte ich.
„Oh, wie verwirrend und dennoch einleuchtend.
Ja du musst stark sein. Doch es ist auch heilsam für dich, mit
der Endgültigkeit abschließen zu können."
Ich nickte ohne rechte Überzeugung.
„Ach, sei es drum, ich habe die Tatsachen lange genug
verdrängt und werde mich ihnen jetzt stellen," hauchte ich,
Tränen des Selbstmitleides unterdrückend.
„So werden wir morgen den schweren Weg antreten,
sagte er, doch vorher habe ich noch einige Fragen,
die mich nie befriedigt haben. Du musst es doch wissen.
So klär mich doch auf, was seinerzeit wirklich zu diesem
grausamen Massaker führte. All das, was ich nur aus
Geschichtsbüchern weis. So steht geschrieben, dass ein
ganzes Volk, nämlich die Juden, wie im Mittelalter verbrannt
und somit fast gänzlich ausgerottet wurden."
„Ja ein dunkles Kapitel unserer Geschichte. Es ist unfassbar,
welch Gräueltaten in der ersten Hälfte 19 Hundert geschahen.
Doch sie wurden nicht, wie du glauben magst, bei lebendige
Leibe verbrannt. Sie wurden vorher vergaßt. Sie starben also
einen schmerzlosen Tod. Andere erfroren oder verhungerten.
Das alles ist schrecklich und nicht nachvollziehbar,
was ein wahnsinniger, übergeschnappter Fantast und seine
Schergen, die übereifrigen Nazis für unsägliches Leid über
die Menschheit brachten.

Wobei Millionen Soldaten, darunter blutjunge Burschen
und ebenso viele Zivilisten umkamen.“
„Ja bei Gott ein Irrer - ein bestialischer Kriegsführer, wie
seinerzeit Attila - wollte sich nicht nur ganz Europa untertan
machen, sondern in seinem Wahn - die ganze Welt
beherrschen, wie mir scheint.“
„Ja du sagst es. So trieb er sein Riesenheer über Polen gen
Russland, hinterließ eine Spur der Verwüstung,
von unzähligen Leichen übersät.
Weißt du welches Lied die Soldaten auf ihrem Marsch
sangen? : Heute gehört uns Deutschland und morgen die
ganze Welt. Sie sangen um sich Mut zu machen.
Denn der vernichtende Schlag gegen die rote Armee, brachte
ihnen große Verluste. In Stalingrad schien alles verloren.
Doch Hitler war uneinsichtig, trieb sie immer weiter ins
Verderben.
Ich bin ihm einmal auf einer feierlichen Gala, die eigens den
aufstrebenden jungen Generalanwärtern, sowie dem Adel
vorbehalten war, begegnet.
Es war wohl im Jahre 1929 oder 30. Ein kümmerlicher,
unscheinbarer Zwerg, voller Komplexe. Jung noch,
doch überaus ehrgeizig und von sich überzeugt.
Jedoch in seiner Erscheinung, eher ein verstockter
Langweiler, im Umgang mit dem weiblichen Geschlecht.“
„Ah - wie interessant, was spracht ihr - was sagte er zu dir?“
„Küss die Hand schöne Frau, ihre Augen sind so blau,“
entgegnete ich kichernd.

„Weiter nichts? Also das ergibt keinen Sinn, deine Augen
sind doch grün!"

„Nun - du musst wissen: Küss die Hand, war eine übliche Art
Gruß der männlichen Galane, insbesondere der Schickeria,
dem sich die Herren den Damen gegenüber befleißigten,
wenn sie auch, wie Adolf - aeh Hitler, schüchtern und
verklemmt im Umgang mit Frauen waren.

Vor dem naiven, unwissenden Volk, das ja bekanntlich einen
Gott zum Aufschauen und Anbeten braucht, konnte er
umwerfende, überzeugende Reden schwingen!

Ach ja - das ist ein düsterer, unrühmlicher, abgeschlossener
Teil unserer Geschichte! Doch nun zu dir," änderte ich
übergangslos das Thema.

„Ich frag mich, wie du wohl in einen eleganten Anzug
reinpasst, bei deinen ominösen Bizepsmaßen und wie du
darin aussiehst? Nachdem ich dich ja nur in salopper, legerer
Aufmachung gesehen habe," bemerkte ich schmunzelnd.

„Oh je, in einem feinen Anzug, erscheine ich eher fett um
nicht zu sagen, unförmig, aber das kannst du ja morgen
selbst beurteilen," lachte er spitzbübisch.

„Du passt wohl eher in eine Rockerlederkluft bei deinem
ausgeprägten Jagttrieb", neckte ich ihn augenzwinkernd.

„Das kann ich so nicht stehen lassen. Ich habe mich niemals
für eine der knackigen Eingeborenen interessiert, oder gar
einer attraktiven unter ihnen nachgestellt.
Zumal es einige kesse Dinger unter ihnen gibt, die ihre pralle
Weiblichkeit über alle Maßen zur Schau stellen."

„Oh ja, die gibt es überall und zu allen Zeiten, die Lolitas dieser Welt." Bestätigte ich.

„Doch sag ehrlich - betörte dich nie die hübsche Charlene?"

„Nun ich muss zugeben, sie ist überaus reizvoll,

doch irgendwie - aeh beängstigend. Ihre Augen sind kalt,

leer und - ist sie nicht deine Tochter? Sie ist doch nahezu dein

Ebenbild, nur fehlt etwas ... ich weis nicht wie ich es

ausdrücken soll. Ein Männerverschlingendes Vamp,

eine Sirene. Ach ich übertreibe. Ja - ist sie nun deine

Tochter?" wiederholte er die Frage.

„Nun vielleicht biologisch gesehen, doch ich habe Sie nicht

geboren. Sie ist in einem Reagenzglas gezüchtet und was

glaubst du, von wem?"

„Ich ahne es. Es war Justin das Superhirn, der es geschafft hat,

sich durch seine fiktiven Experimente an die Spitze der

Obersten hochzuarbeiten und nun uneingeschränkte Macht

ausübt."

„Ja, das wollte er schon immer erreichen. Doch über mich

wird er nie einen Sieg erringen, denn heute wird mein letzter

Tag mit ihm auf Erden sein.

Es war, als hatte ich mich mit dem Teufel eingelassen.

Denn das Rad der Zeit, drehte sich seitdem falsch herum."

Meine Bedenken um den psychischen Nutzen dieser neuen

Zeitreise, blieben. Doch meine Neugier diese Zeit, die ja

meine eigentliche Realzeit ist, nun doch zu erleben, war

ungebrochen. Dort würde auch ich leben, wenn ich nicht

ständig mit der Zeit jongliert und sie permanent

zurückgedreht hätte!

Es war soweit. Erlebnishungrig, trieb es mich in die neue Zeit, nicht zuletzt, um meinem Gatten davon zu berichten.

Das Tor schloss sich hinter uns. Frank gab die Zeit an.

Jetzt hing alles von Robby dem Zeitenlenker ab.

Würde er uns in die gewünschte Zeit beamen?

Doch ich konnte nicht über den Tellerrand sehen.

Es galt eine immense Zeit zu überwinden.

Es knarrte und ratterte, es erschien uns endlos lange.

3300 Jahre hieß es zu überspringen.

Aus den Tiefen der Höhle tönten und klagten die verzweifelten Rufe, der für ewig gefangenen Seelen und jagten mir noch immer einen Schauer über den Rücken.

Endlich öffnete sich das Zeitentor und wir traten ins Freie.

Alles war anders als zuvor.

Dort wo noch eben üppige Natur mit stolzen Baumriesen den Blick erfreute, verschandelten Hochhäuser, soweit das Auge reichte, die Landschaft - erkannte ich mit Unbehagen.

„Es ist gelungen - meine Heimat hat mich wieder!" Rief Frank erleichtert aus und zog mich ungeduldig den Hang hinab.

„Dort wartet mein Helikopter auf uns. Es ist zwar nicht weit bis zu meinem Anwesen, doch so ist es bequemer!"

Der Flug dauerte nur wenige Minuten. Vor uns mündete die Straße in einem Bahnhofähnliches Gebäude mit einem riesigen Glasportal, als würde man von dort aus in eine andere Welt gelangen.

Am Eingang wurden wir von einem übereifrigen Wachposten aufgehalten, mit den Worten: „Name und Rang bitte!"

„Frank Müller, Präsident für Wissenschaft und Forschung
und Minister für Umwelt! Aber was soll das, du kennst mich
doch." entgegnete mein Begleiter unwirsch.
Ein Tastendruck des Wachpostens und Franks Brustbild
erschien in Überlebensgröße auf dem riesigen Monitor
an der Wand.
„O.K. in Ordnung - und der Name der Dame?"
„Wer sollte es anders sein, als meine Gattin!" Polterte Frank
ungehalten.
„Papiere der Gattin, bitte! Woher kommt sie? Ich muss alles
dokumentieren!"
„Wie - was erlaubst du dir Kerl, du riskierst deinen Job,"
herrschte Frank ihn an und packte den verdutzten Bürokraten
heftig am Kragen und schüttelte ihn.
„Engstirniger wichtigtuender Lakai!" Spie er wütend aus.
„Aber die Vorschriften der Weltordnung, Herr Präsident,"
stammelte der Gescholtene in höchster Erregung.
„Wir sind die Weltordnung - „Ich" - bin die Weltordnung."
bellte Frank gefährlich und stieß den jungen Mann,
brüsk auf seinen Stuhl zurück.
„Und nun gib uns den Weg frei Bürschchen, sonst! ..."
Er ballte seine Fäuste und wandte sich abrupt ab.
Ich erschrak vor seiner plötzlichen Wandlung und wollte
instinktiv meine Hand aus seiner lösen. Doch er faste umso
fester zu.
Ein strafender, abschätzender Blick traf mich.
„Was guckst du wie ein verängstigtes Kaninchen. Glaubst du
etwa, einem verweichlichten Zieraffen fällt alles in den

Schoss. Das Leben ist ein einziger Kampf, wenn man sich auf
dem hohen Thron halten will.
Aber das kennst du nicht, hattest es nie nötig.
Du trägst deinen Thron ja stets mit dir, brummte er
verächtlich, komm schnell hier raus, sonst platzt mir noch
der Kragen!"
„Was ist mit dir, warum bist du plötzlich so garstig?
Du wolltest doch, dass ich dich begleite."
„Ach, jedes Mal wenn ich durch diese Sperre - diese
verfluchte Kontrolle muss, gehen die Gäule mit mir durch,"
grollte er, zu seiner Entschuldigung, zog mich ins Freie und
winkte nach einem Taxi.
„Ach, was rege ich mich so auf. Die Kontrolle ist ja nötig.
Denn wisse, es ist dem Untervolk nicht gestattet unser Revier
zu betreten. Doch immer wieder versuchen es ein paar
Halunken hier einzudringen. Doch sie werden augenblicklich
von den Computern erfasst, denn alle sind gechipt, wie
unsere Miezekatzen und Hunde und jederzeit zu orten."

Ich schnappte nach Luft, als wir das Terrain betraten.
„Buh - welch unerträgliche Hitze, wie die Glut der Hölle
und die Luft ist so verseucht, dass ich kaum zu atmen vermag.
Wie könnt ihr das nur ertragen.
Warum hast du mich nicht vorgewarnt?"
„Ja weis Gott, die verfluchten C.O.2 Abgase, bringen uns um.
Doch Justin tüftelt schon an einer Lösung."
„Soll das heißen, er hat die Tierversuche endlich
aufgegeben?" fragte ich hoffnungsvoll.
Doch als Antwort erhielt ich nur ein Schulterzucken.

„Hier ist mein Reich, wo du nach Belieben residieren kannst.
Doch zur Zeit fehlt hier eine weibliche Hand. Was sagst du
nun?" fragte er stolz.

Seine bescheidene Bleibe entpuppte sich als eine protzige
Villa in einem riesigen Park mit Zierbüschen,
dem unverzichtbaren Swimmingpool inmitten eines
gepflegten Rasens, von einem Gärtner mechanisch in Schuss
gehalten.

„Nicht übel," bestätigte ich.

Doch ich dachte: Wie fantasielos, ohne persönliche Note,
seelenlos und ohne Herz.

„Wenn du jetzt glaubst, ich würde mich hier wohlfühlen,
so muss ich dich enttäuschen. Ich habe gewiss nicht die
Absicht hier Einzug zu halten." fügte ich hinzu.

Worauf er nicht einging und beherzt weitersprach,
als hätte er nichts gehört.

„Ich will rasch ein paar Happen für uns bestellen, die Köchin
hat Ausgang," beeilte er sich, mich abzulenken.

Die Happen bestanden aus erlesenen Köstlichkeiten,
wie Krebse, Garnelen, Austern und Kalbsmedaillons.

Während wir uns den Köstlichkeiten hingaben, sprach er
weiter.

„Nicht weit von hier, im Erzgebirge haben wir den idealen
Platz für unsere Versuchsreihe gefunden. Alles gelingt nach
Plan.

Er redete - redete sich in Eifer.

Längst war die Mahlzeit vertilgt. Mir schwirrte der Kopf.

Ich hatte nur noch den einen Wunsch, allein zu sein

und der hotelähnlichen Speisehalle zu entfliehen. Alles um
mich, strömte eine kühle, unpersönliche Atmosphäre aus.
Der Pool lockte mich. Zu gern hätte ich ein erfrischendes Bad
genommen. Doch noch stand der Gang durch die Altstadt an,
der mich beleben würde.
„Ach, zeig mir doch zuerst euren Streichelzoo im Erzgebirge.
Mit dem Heli ist es doch nur ein Katzensprung.

So war es ein Augenschmaus, nach der Eintönigkeit der
endlosen Steinklötze der Großstadt, über erfrischende
Baumwipfel zu schweben.
„Da ist es, siehst du dort das eingezäunte Gebiet?“
Der Heli senkte sich und vor uns zeigte sich ein
außergewöhnliches Bild.
„Ihr werdet doch nicht etwa die Tiermanipulationen
fortsetzen?“ fragte ich.
„Nun ja, das liegt nicht in meiner Macht. Zur Zeit ist es eher
eine Sensation und ein Anziehungspunkt für die,
nach Abwechslung gierenden, ausgehungerten Besucher.“
„Ja bei Gott, die Zenzauren sind zwar alle außergewöhnlich
putzig, einfach sehenswert. Als Mutation, versteht sich,
denn alles andere würde einen Aufstand hervorrufen.
Doch mal ehrlich, die wenigsten der Hybriden, werden doch
wirklich zur Arbeit taugen. Was soll denn das Raubtier mit
dem Frauenkopf, also der Zentaur, für eine Arbeit verrichten
Und umgekehrt die Hybriden mit den Menschenkörpern?“
„Ah jetzt verstehe ich den Sinn. Sie dienen einzig dazu,
das Volk zu erschauern.“

„Meine Güte, welch ein Andrang, als gelte es ein Weltwunder nicht zu verpassen. Ich kann mir denken das der Ruf des ungewöhnlichen Tierparks, mittlerweile über alle Grenzen dringt und zu Weltruhm gelangt. Wie der legencere Jurassic Park"
„So ist es tatsächlich gekommen, doch das war so nicht geplant," ergänzte er mürrisch.

Jetzt war ich begierig, die Bewohner in der derzeitigen Mode und Aufmachung zu sehen.
Das pulsierende Leben, die neusten Fahrzeuge in der Großstadt der Zukunft auf mich einwirken zu lassen.
Ich wurde nicht enttäuscht, denn die Altstadt, hatte sich kaum verändert. Bis auf die Passanten.
Hier sah ich Sie, die herausgeputzten, künstlichen Schönheiten einherstolzieren. In hautengen Latexhosen und durchscheinenden Tunikas.
Bei einem Zwischenstopp in einem Eiscafé, fühlte ich mich unbehaglich - fehl am Platz. Während die Augen der männlichen Gäste, sinnlich, verträumt auf mir ruhten, bemerkte ich die abschätzenden Blicke der perfekten Superweiber, die erhaben wie Königinnen auf ihren Stühlen thronten, mich neugierig, misstrauisch, ja gar mitleidig musterten. In meinem geblümten Sommerkleidchen und geflochtenem langen Zopf, brav am Kopf festgesteckt, wirkte ich recht bieder :Welch ein Dorftrampel - schienen ihre Blicke mich abzukanzeln.
Wie aus weiter Ferne hörte ich Franks Stimme: „Scher dich nicht um die überkandidelten Weiber, die sich ihre

vergängliche Schönheit für ein paar Jahre erkauft haben.
Du hingegen, bist ein echter Rohdiamant."
„Ach verzeih mir, wenn ich dir jetzt sagen muss, das ich noch
heute an einer wichtigen Sitzung im Plenarsaal, teilnehmen
muss.
Doch morgen ist ja auch noch ein Tag, dir alles sehenswerte
zu zeigen und dich in die illustre Gesellschaft der High Society
einzuführen. Ich kann es kaum erwarten, was sie für Augen
machen," schwärmte er.
„Das mag wohl dein Bestreben sein, doch viel mehr
interessiert mich meine einstige Heimat - den Harz
und Vorharz, zu sehen!" Entgegnete ich unbehaglich.
„Oh - da wirst du enttäuscht sein, denn das ganze Gebiet
vom Brandenburger über das Magdeburger Land in den Harz
hinein, bis zum Thüringer Wald ist quasi verschwunden.
Dort befindet sich nur noch eine ausgedehnte
Wüstenlandschaft. Denn dort fällt seit hunderten von Jahren
kein Regen mehr. Alles ist vertrocknet - verwüstet.
Kein Getier, noch sonstige Wesen, nicht einmal mehr Ratten
und Vögel beleben diese Einöde. Eine Geisterstätte mit
Sandstürmen..."
„Genug - sei still - schweig endlich. Quäl mich nicht länger.
Ich habe begriffen," fuhr ich ihn unbeherrscht an, sprang auf
und begann zu laufen. Nur fort aus dieser unseligen Zeit.
Kopflos steuerte ich in das Gewimmel der Menschenmasse,
die mich gnädig aufnahm und untertauchen ließ.
Ein Taxi, das an der Ecke stand, lockte mich.
Nein besser der private Helikopter Franks, der am

Ortsausgang wartete, würde mich unverzüglich und bequem
bis zu dem verbotenen Berg bringen.

Panisch irrte ich durch die Straßen. Verirrte mich mehrmals,
bis ich endlich das Ortsende erreichte.
Dort stand der Flieger, blitzend in der Sonne. Der Pilot döste
gelangweilt auf seinem Sitz. Ich rüttelte ihn wach.
„Ich komme im Auftrag des Herrn, dem Präsidenten.
Flieg mich umgehend zu dem Zauberberg, du weißt schon,
dorthin, wo er in geheimer Mission gelegentlich untertaucht
um ... mehr darf ich nicht preisgeben! So eile dich
du Träumer - frag nicht lange, es ist keine Zeit zu verlieren.“
War es auch wirres Zeug was ich in meiner verfahrenen Lage
von mir gab, so verfehlte es nicht seine Wirkung.
„Nun, wenn das so ist, so seid ihr bei mir in den besten
Händen!“ sagte er, pflichtbewusst.
Die Maschine erhob sich mit viel Getöse in die Lüfte.

Tief unten sah ich die Großstadt entschwinden.
Schon nach kurzer Zeit, kamen die Berge in Sicht.
Tiefaufatmend lehnte ich mich zurück und registrierte den
gewissen Berg, der alle überragte - den ich so gut kannte - der
so viele Jahre schon mein Schicksal bestimmte.
„Dort auf dem Plateau kannst du landen,“ wisperte ich
ungeduldig.
„Ich weis Madame. Wenn es auch riskant ist. Der Landeplatz
ist sehr klein,“ belehrte er mich und setzte zur Landung an.

„Wenn ich auch nicht verstehe, was euch hierhertreibt,“ murmelte er, verständnislos den Kopf schüttelnd.

Frank indes, wurde allmählich unruhig. Missmutig stierte er auf die Eingangstür. Ein böser Verdacht befiel ihn.
Ist sie womöglich fortgelaufen? Seine Geduld wurde auf eine harte Probe gestellt... Sie kam nicht. Sinnlos noch länger zu warten. So machte er sich schließlich auf den Weg zu seinem Flieger.
Sein letzter Hoffnungsschimmer schwand, als er im Heli nur die Gestalt seines Piloten erblickte.
Sie ist also fort. Ich Tor, jetzt habe ich mein Glück verspielt, habe sie mit meinen übertriebenen Äußerungen verscheucht, dachte er, erschüttert
„Ja - ja, der Himmel brennt und die Engel fliehen,“ murmelte er, mehr zu sich selbst.

Erlöst aufatmend, setzte ich meine Füße auf den felsigen Boden. Ich war am Ziel.
„Lebwohl und schöne Grüße an den Herrn Müller,“ rief ich abschließend.
Während meine Augen das nahe Zeitentorr erfassten.
Nichts konnte mich mehr aufhalten.
Ohne mich noch einmal umzuwenden, hüpfte ich beschwingt der anderen Zeit entgegen.
Ich hatte es geschafft. Vor mir breitete sich die urwüchsige Landschaft aus. Ich sah die Hütten am Fuße der Berge.

Alles war vertraut. Doch was war dass? Stapfte da nicht ein
einsamer Wanderer den Hang empor? Schnaufend nach Luft
ringend, hob er den Blick. Nun hatte er mich auch gesehen.
Ein ungläubiges Staunen, dann das gewohnte Grinsen,
als er mich erreichte.

„Carla," formten seine Lippen.

„Ja, Justin ich komme wieder zurück. In der Zukunft hat es mir
nicht gefallen."

„Oh wie erfreulich, ich hatte es nicht zu hoffen gewagt.
Du wirst es nicht bereuen!"

Die wenigen Worte, unbedacht von mir ausgesprochen,
hatten eine enorme Wirkung und zauberten ein Leuchten in
sein Gesicht.

„Ach wie schade Schätzchen, dass ich gerade jetzt fortmuss
und dich nicht gebührend empfangen kann. Ich bin in großer
Eile. Ich muss für ein paar Stunden weg, zu einer wichtigen
Sitzung, die nicht ohne mich, dem einflussreichsten
Präsidenten stattfinden kann. Aber heute Abend, wird unser
Abend, denn es gibt ein Fest wie es das Dorf noch nicht erlebt
hat. Gedulde dich noch ein Weilchen."

„Ah - da wurde etwas falsch gedeutet, denn meine Absicht
war keineswegs, mich hier einzunisten. Vielmehr drängte es
mich, noch einen letzten Blick in die Gemeinde - auf meine
Schützlinge zu werfen und gedanklich Abschied zu nehmen,
um dann umgehend den Zeitsprung in das Jahr 1902 zu
vollziehen."

Lange genug hatte mein Gatte auf mich warten müssen.
Würde er noch warten?

Ein winziger Zweifel, flüchtig wie ein Windhauch.
Ein kurzer beklemmender Druck im Magen, der sogleich
wieder verschwand. Der Taumel der Erwartung - der
Wiedersehenseuphorie, überfiel mich mit voller Wucht,
schmetterte mich zu Boden und ließ mich eine Weile in
Ehrfurcht und Melancholie versinken.
Diesen großen Moment, den es so nie wieder geben würde,
hinaus zu zögern, bevor ich den nächsten Schritt antrat.
Noch schwirrten hundert Gedanken in meinem Kopf.
Vergangenheit und Zukunft vermischend.

Der Tag neigte sich dem Ende zu. Ich hatte aufgehört zu
denken, als ich, wie ferngesteuert, meinen geliebten Garten
durchschritt und plötzlich vor der Haustür stand.

„Ich bin wieder da, dieser Abschnitt ist für mich Abgeschlossen," brachte ich zaghaft hervor, als ich das Haus betrat.

Ein alter Herr mit schlohweißem Haar, löste sich aus dem Dämmer der Diele und trat mir mit leerem Gesicht entgegen. Seine Augen glühten nicht mehr, wohl weil sie in meinen Augen das Strahlen der Liebe nicht mehr leuchten sahen.

„Was willst du hier? Willst du dich an meinem Kummer weiden - bevor du wieder verschwindest?"

„Oh nein Liebster - nein, diesmal werde ich bleiben..."

„Ah - ja, wie lange willst du diesmal bleiben, mich arglistig täuschen und in Sicherheit wiegen? So ist es besser, du gehst gleich wieder. Ich habe mich längst damit abgefunden, für dich nur ein Spielball zu sein. Nun ist es genug.

Geh mir aus den Augen."

„Aber Liebster, es war mir nicht möglich, eher zu kommen," rief ich verzweifelt.

„Der hinterhältige Justin, hat sich eine neue List ersonnen. Was glaubst du, wie er es diesmal fertiggebracht hat, mich am Heimgang zu hindern? Stell dir vor, er hat den guten Robby so manipuliert, dass mir unsere Zeit versperrt war!"

Noch schauten seine jung gebliebenen, wachen Augen voller Skepsis und Trauer, als hätten sie alle Qualen der Welt schon erfahren.

Doch allmählich breitete sich ein kaum sichtbares, neues zartes Lächeln auf seinem Gesicht aus.

Langsam, bedächtig, breiteten sich seine Arme und er zog
 mich, zaghaft erst, doch im Überschwang der neu
aufkommenden Gefühle, riss er mich stürmisch an sich.
Seine Augen brannten sich in Meine.
Seelig, zeitvergessend, genossen wir den Augenblick,
zärtlicher Gemeinsamkeit.
Liebevoll streichelte ich sein Gesicht. Sah nicht die Spuren
der Zeit - die Gramfalten. Er war wieder jung.
Glücklich wiegten wir uns eine halbe Ewigkeit in den Armen,
Zeit und Raum vergessend.
Als gebe es kein Gestern und Morgen. Nichts mehr zählte.
Du allein bist meine Ewigkeit, die Sonne meines Lebens,
mein Herz - mein Alles. Dich gibt es nur einmal für mich.
Dich nie mehr zu sehen und fühlen können. Oh ich würde
sterben. Alles hätte seinen Sinn verloren!" Hauchte er mir,
zärtlich ins Ohr - alle Qualen und Pein der Vergangenheit
vergessend.
So war alles kaum mehr, als ein Märchen, eine gruselige
Geschichte - nein eher ein spannender Horrorthriller.
Jenseits der Fantasie, die vorzugaukeln, keiner Imstande ist.
Dennoch hatte ich all das Unglaubliche erlebt.
Doch es war jetzt Vergangenheit.
Diesmal wollte ich bleiben, für immer und ewig, sollte es sein.
Doch die Ewigkeit hatte ihre Tücken.

„Wo hast du geschlafen, all die langen Monate ohne mich?"
Fragte er mich misstrauisch, noch am selben Abend.
„Ach, das wird dir merkwürdig erscheinen, wenn ich dir sage:
Mit Justins ältestem Enkel habe ich den Strohsack geteilt.

Er ist sechs Jahre und ein cleveres Bürschchen.

Er kann inzwischen bis Hundert zählen und kenrt das ABC,
als Einziger von allen Dorfbewohnern. Er vermag schon ganze
Sätze zu schreiben. Ich denke, aus ihm wird einmal ein
Gelehrter. Denn ich konnte ihm viel von meinem Wissen
vermitteln. Er ist sehr aufgeschlossen und wissbegierig.
So könnte er als echter Zeitzeuge unwiederbringliches
berichten und in die Geschichte eingehen.," fügte ich
schmunzelnd hinzu.

Doch ich verschwieg Günter wohlweislich die volle Wahrheit.

Dass ich den schlafenden Buben erst aufsuchte und zu ihm
unter die Decke schlüpfte, nachdem ich bei Justin gelegen
hatte.

Denn allabendlich folgte ich Justin, besitzergreifend von
seiner Hand gezogen - nicht ungern, in sein Schlafgemach,
zu zärtlichen Umarmungen und erotischen
Gefühlserlebnissen. Ein kurzer Rausch - ein paar Minuten
der Trübsal des Tages entschwebend.

Jedoch missgönnte ich ihm, in zärtlicher Umarmung, neben
mir zu erwachen. Er war zwar mein Lover, doch gewiss nicht
mein Liebster.

Doch das sollte Günter, mein Liebster, nie erfahren.

Wozu schlafende Hunde wecken.

Alles lief beschaulich und harmonisch an, wie am Anfang
unserer Zeit. Nun ja, ich hatte keine Schmetterlirge mehr
im Bauch. Die überschäumende Verliebtheit war einer

unbedingten Vertrautheit gewichen.
Das sprudelnde, weltliche Leben hatte mich wieder, wie sagt man doch: Man gewöhnt sich so schnell an das Schöne.
Partys, rauschende Feste mit Musik und Tanz auf dem Schloss. Prominieren, planen, Großeinkäufe, festliche Galaempfänge und sonstige Veranstaltungen, unterbrachen den tristen Alltag.
Den Platz, des mittlerweile verstorbenen Ur - Ur Onkels, hatte längst sein Sohn übernommen.
Ebenso hatte mein treuester Freund Hermann, das Zeitliche gesegnet.

Wolfgang machte sich rar. Sein Liebesleben nahm in voll in Anspruch. Denn er konnte sich nicht entscheiden.
Er wechselte unbekümmert die Frauen, auf der Suche nach der Einzigen.
„Lass ihn sich ausleben. Er ist anspruchsvoll in seiner Wahl, sieht er dich, doch jeden Tag als Vergleich," schmunzelte Günter, ein über das andere Mal.
Ja das Leben war zu ertragen. Doch etwas fehlte...
Der junge, spritzige Justin, der damals in unserem ersten Lebensabschnitt bei uns in der Mansarde hauste und meinen Alltag auffrischte und mit spitzfindigen, schlüpfrigen Sprüchen und raffiniert versteckter Anmache an mich, für stete Spannung sorgte. Was nicht selten zu brodelnder, dicker Luft führte und die Atmosphäre zum überkochen brachte.
Welches unweigerlich dazu führte, dass er sich nach einem

Donnerwetter, eine neue Bleibe suchen musste.
Bald lauerte er mir heimlich auf - bedrängte mich
unermüdlich mit seinem Charme und listigen
Versprechungen, gleichwohl half es ihm nicht weiter.
In seinem Groll, griff er schließlich zu härteren Mitteln,
wie zu einer Entführung.
Doch das misslang kläglich und brachte ihn umso mehr auf.
Darüber hinaus, zögerte er nicht, uns mit seiner schweren
Kutsche zu überrollen.
Was nur durch einen geistesgegenwärtigen Sprung zur Seite,
unser Leben rettete.
Ein anderes Mal, drohte er mir mit seiner Pistole und erschoss
sich schließlich selbst.
Doch es bedürfte wohl, mehrerer Tode, einen Typen wie
Justin zu vernichten - er würde aus der Zukunft wieder neu
auferstehen.
Wir begruben ihn, mehr erleichtert, alt trauernd.
Doch würden wir niemals von ihm befreit sein.
Denn er sollte noch eine eingreifende Rolle in meinem Leben
spielen.
Er würde noch unsägliches Leid über mich bringen.
Später - viel später, doch gleichsam viel früher vor unserer
Zeit, als das Rad der Zeit sich rückwärts drehte.

Wenn wir ihn auch nahezu 200 Jahre nicht zu Gesicht
bekamen. Denn Selbstverständlich existierte er in der
Zukunft, in seiner Zeit weiter.

Bis er es vorzog, in der tiefsten Tiefe der Zeit, sein Heil zu versuchen.

Justin der Intrigant, der geschickt seine hinterhältigen Lügengebilde spann, um Günter zu denunzieren und mich zu gewinnen.

Was ihm auch einmal gelang. Hinter dem Deckmantel von übertriebener Liebenswürdigkeit und arglistiger Täuschung.

Justin das Genie, der die Welt verkabelte, sodass wir schon im 19. Jahrhundert Fernsehen und Online chatten konnten.

Doch nun war er aus unserem Leben verschwunden und von allen vergessen.

Ich jedoch vergaß ihn nicht, den liebenswürdigen Schurken. Doch die Zeit ging seltsame Wege.

Der Zufall führte uns wieder zusammen. Doch bis dahin, sollte noch viel Zeit vergehen.

Nach langen Irrwegen, konnte ich mich wieder von ihm befreien. Nun schwirrte er ruhelos in tiefster Vergangenheit, auf der Suche nach Herausforderung und dem eigentlichen Sinn des Lebens.

Die Jahre verstrichen.

Mein neues altes Leben hielt stete Herausforderungen für mich bereit. Noch immer rieben sich die Passanten verwundert die Augen, wenn ich gelegentlich in knappen Jeans, mit hochhackigen Pomps, die derzeitige Mode, den Muff und den Klischees der Kleinbürgerlichkeit ignorierend, über das Kopfsteinpflaster, tippelte.

Oder wenn ich im luftigen, knielangen, ärmellosen Kleidchen den Marktplatz aufsuchte.

Darüber hinaus, beäugten sie mich kopfschüttelnd, wenn ich mit meiner weißen Stute durch den Ort galoppiere, um im Nachbarort den einzigen Eisenhandel aufzusuchen.

Was mir ein müdes Lächeln abverlangte.

Ich wusste, was sonst keiner außer Günter wusste: Dass schon in wenigen Jahren der erste Weltkrieg mit Tod und Verderben über uns hineinbrechen würde.

Wir jedoch, die es wussten, konnten rechtzeitig Vorsorge treffen und diese unselige Zeit überspringen.

12 Jahre waren vergangen.

Meine Erinnerung verblaste zu einem unwirklichen Traum.

Das fortschreitende Alter machte mich träge und gleichgültig.

Doch anstatt nun in Würde zu altern, wie wir es uns versprochen hatten, sah ich es an der Zeit, eine Verjüngung vorzunehmen, ohne die Folgen zu bedenken.

Jung sein - für immer jung, ist des Menschen ewiges Sehnen.

Warum sollte ich die Gabe nicht nutzen, wenn ich es kann?

Einmal als Zeitreisender infiziert, ist man für alle Zeit für ein normales Leben verdorben, war mir klar.

Ich war allein im Haus. Der Gemüsegarten war bestellt.

Das Haus blitzblank geputzt. Alles war perfekt.

Langeweile stellte sich ein. Wenn nicht heut, wann dann?

Worauf sollte ich warten!

Acht Jahre Verjüngung würden genügen, um wieder fit zu sein. Kurz entschlossen machte ich mich auf den Weg zur Höhle.

Nun war Robbys Macht und Können gefragt. Ohne zu überlegen, versetzte ich mich um 10 Jahre zurück.

Nun war ich wieder jung, doch gleichzeitig hatte ich augenblicklich wieder, alle möglichen Flausen im Kopf.

Ich hätte es wissen müssen. Denn gleichzeitig stellte sich die alte gewohnte Unrast wieder ein.

Alles was ich verdrängt und vergessen glaubte,
holte mich wieder ein.

Mein Kopf quoll über, von durcheinander wirbelnden

Gedanken. Natürlich blieb meine Veränderung von Günter
nicht unbemerkt.
„Dein Alleingang schmerzt mich. Ich sehe es als hinterhältigen
Vertrauensbruch. Kannst du nicht auf mich warten und mit
mir gemeinsam diesen eingreifenden Schritt unternehmen?
Fragte er, zutiefst erschüttert.
„Ja, ich habe unüberlegt gehandelt, „gab ich reuig zu.
„Du kannst es ja jederzeit nachholen,“ räumte ich ein.
„Aber wozu, wenn ich keinen Sinn mehr im Leben sehe, ohne
dich. Denn ich weis, dass deine Unrast, dich eigene Wege
gehen lässt“.
„Aber ich komme doch immer wieder,“ entgegnete ich.
Was er kopfschüttelnd verwarf.
Zwischen Günter und mir, herrschte Funkstille.
Dicke Luft waberte unter den Balken.

Alte Geschichten erwachten wieder zum Leben.
In meinen Träumen sah ich Ture den Rotbart, der schon
sehnsüchtig nach mir Ausschau hielt: Wann kommst du
endlich zu mir, meine Göttin?
Was hocke ich noch hier, wo alles bis zum Überdruss,
so perfekt und geordnet ist?

„Ich werde jetzt gehen,“ eröffnete ich eines Tages,
„aber ich werde nicht zurück kommen zu dir - nie mehr,
300 Jahre sind genug, unsere Liebe ist ausgelutscht - zu Ende.

Unser Himmel der Ewigkeit hat sich aufgelöst. So lebe denn
wohl mein Gefährte so vieler Jahre."

Ich sah nicht seine zusammen gepressten Lippen, seine
blicklosen Augen - hörte nicht seinen stummen Schrei - wollte
es nicht wahrnehmen.

Doch es rührte und erschütterte mich zu tiefst.

Durch einen Tränenschleier sah ich ihn mit hängenden
Schultern im Garten stehen.

Ich wandte meinen Blick von ihm ab, gab der Stute die Sporen
und galoppierte davon, in eine ungewisse Vergangenheit.

War das jetzt das Ende?

Sollte alles unwiederbringlich vorbei sein. Das Ende unserer
einmaligen, berauschenden Zeit - unserer großen Liebe?

Würde ich ihn niemals mehr wiedersehen?

Später vielleicht. Wenn das Feuer der Hölle, in die es mich
zog, erlöschen sollte - könnte es ...

Würde ich die Glut der Hölle ertragen?

Doch immer, wenn etwas endet, beginnt was Neues.

Der Teufel ritt mich, es gab kein Zurück mehr.

Die alte Zeit nahm mich auf.

Doch nicht das beschauliche Örtchen im Tale am Berge war
mein Ziel. Ein Dämon, ein feuriger Teufel war es, der in
meinem Kopf spukte und mich magisch in seinen Bann zog.

Ich ließ das Dorf unbeachtet neben mir, jagte am Fuße der
Berge entlang und tauchte bald in den verwunschenen
Urwald.

Ich weis nicht wie viel Zeit uns gegönnt ist - 10 - 15, oder gar
20 Jahre? Für einen so früh - Sterblichen und einer nahezu

Unsterblichen und dennoch...

Oh mein Gott, welch ein wahnsinniges Unternehmen, worauf ich mich einließ. Ich muss den Verstand verloren haben, dachte ich.

Doch der Ruf der Leidenschaft und Sehnsucht trieb mich weiter.

Als sich nach Stunden der dichte Wald lichtete und mein Ziel so nahe war, verließ mich für einen Moment der Mut.

Ein Gewitter wütete in meinem Kopf. Blitze zuckten, trafen mich und ließen mich erbeben.

Doch das Feuer der Sehnsucht siegte über die Schatten der Düsternis und Ungewissheit. Was wird sein - was wird gleich geschehen?

Ich raffte mich auf und erblickte vor mir das Camp in aller Wirklichkeit. Wüste Gestalten hockten plaudernd zusammen auf einer Mauer am Rande der Siedlung.

Ihr Gespräch verstummte augenblicklich. Ihre Köpfe fuhren herum, als sie mich hörten.

Doch war das nicht Justin, der zwischen ihnen, direkt neben Ture saß?

Sie starrten mir verwirrt entgegen.

Justin war es, der sich als Erster fasste und aufsprang.

Mit ihm erhob sich Ture ungläubig staunend, die Arme hebend. Doch augenblicklich - ließ er verzagt seine Arme wieder hängen, als Justin mir euphorisch entgegenstürzte und mich zur Begrüßung, überschwänglich umarmte.

„Sie ist wieder gekommen zu mir, meine Göttin,‘ prahlte er und zog mich dynamisch in die Runde.

Während ich Ture sagen hörte: „Wahrhaftig eine Göttin,
doch ist sie nicht meine Götti?"
„Ach Justin, mit dir habe ich gar nicht gerechnet. Immer und
überall musst du dich als mein Liebster hervortun. Doch du
bist es nicht. „Er" ist es - Ture, zu ihm wollte ich gehen!"
Fügte ich hinzu und löste mich aus seinen Armen.
„Du machst wohl Witze. Die Hitze ist dir zu Kopf gestiegen.
Du handelst in geistiger Umnachtung. Du brauchst Ruhe
und einen belebenden Dring. Komm mit mir, mein Zelt ist dort
im Schatten der großen Eiche."
„Nein, es ist mein voller Ernst. Nicht mit dir werde ich gehen,
sondern mit ihm," betonte ich nachdrücklich.
„Aber das ist doch absurd, das kannst du nicht machen,
das geht nicht. Du kannst doch nicht so ein Monster,
mir vorziehen?" Stammelte er, verständnislos.
„Aber ist sie nicht meine Göttin, nach der ich so lange schon
Ausschau halte?" rief Ture verzagt und stellte sich zwischen
uns.
„Du - du stinkendes, hirnloses Untier, wirst dich nicht an ihr
vergreifen," protestierte Justin verächtlich, „und überhaupt,
seid ihr alle hier, kaum mehr als blödgrunzende Neandertaler.
Ein Haufen blutrünstiger Idioten, allesamt - und du Scheusal,
bist der schlimmste - ein Teufel in Menschengestalt,"
wütete er in blinden Zorn.
„Man sollte euch alle niederknallen wie tollwütige Hunde,"
spie er hervor und ging, die Fäuste hebend auf ihn los.
So brachte er sie alle gegen sich auf.
Plötzlich war er von den soeben noch lachend und friedlich

plaudernden Männern umringt, die ihn mit ihren Waffen einkreisten, in die Enge zwangen und abführten.

Die Situation war so grotesk- so filmreif, dass ich die Ernsthaftigkeit der Lage missdeutete und ein Lachen unterdrücken musste.

Doch bevor Justin Alarm schlagen konnte, war er überwältigt, gefesselt und geknebelt. Seine Truppe auf den Plan zu rufen, die ihm normalerweise herausgeboxt hätten, war ihm nicht mehr möglich. Sie vergnügten sich in munterer Runde am See, übermütig, schlüpfrige Zoten reißend.

Das alles ging so schnell, dass ich es kaum verfo gen konnte und nicht sogleich registrierte.

Augenblicklich war es still um mich, nur eine Handvoll Männer und Ture, waren übriggeblieben.

Ich stand verwirrt, allein, wie verloren, als Ture sich mit brennenden Augen näherte.

„So bist du also wirklich gekommen. Oh ich kenne dich so gut, wenn auch nur aus meinen Träumen. Du bist die, auf die ich mein Leben lang schon gewartet habe," sagte er versonnen und fasste schüchtern nach meiner Hand.

„Endlich bist du Wirklichkeit. Ich werde dich schützen und behüten, vor allem Unbill der Welt".

Der Schock des soeben erlebten, der mich plötzlich mit aller Gewalt traf, brachte mich aus der Fassung, ließ meine Knie schwach werden und mich beben.

Doch er legte beschützend den Arm um mich, als Justin noch einen letzten Blick auf mich warf. Wie sie strahlt in seinen Armen, als gehörte ihnen die Welt, als ginge das Leben mit ihm jetzt erst richtig los, dachte er verbittert.

Ture der Stammesfirst.

Aus seiner Sicht des Geschehens.

Wir saßen angeregt plaudernd auf dem Dorfplatz versammelt.

Die Sonne erstrahlte in gleißendem Licht, als das Wunder geschah.

Die Luft vibrierte vor knisternder Spannung, etwas großes würde gleich geschehen.

Justin, der neben mir saß, mit dem ich in Freundschaft verbunden war. Sah sie zuerst und stockte im Gespräch.

Er starrte verwundert zum Waldesrand. Ich folgte seinem Blick und erschauerte vor Ehrfurcht.

Plötzlich stand sie da. Im hellen Sonnenschein leuchtete ihr Engelhaar wie flammende Feuerstrahlen - eine Göttin.

Das ist Sie - Die, nach der ich solange schon fiebere.

So ist Sie also wirklich eine Göttliche. Oh ich Tor, warum habe ich das nicht eher erkannt. Denn ich kenne sie schon ewig, wenn auch nur in meiner Fantasie.

Einem Impuls folgend, wollte ich sogleich zu ihr eilen. Um sie endlich in meine Arme zu schließen. Doch was tut sie?

Sie geht zu ihm. Er darf sie in seine Arme nehmen, nicht ich.

Was dann folgte, erschütterte und belebte mich zugleich, denn das skurrile Geschehen nahm eine jähe Wendung.

Aus meiner Euphorie gerissen, hörte ich ihre Worte:

„Was wird nun aus ihm geschehen," fragte sie erschüttert und wollte ihre Hand lösen, die ich mit festem Griff umschlungen hielt.

„Ach der, dem wird kein Leides geschehen, der braucht nur

eine wirksame Lektion. Der kommt bald wieder frei,“
schmunzelte er und zog mich mit sich.

„Für dich - nur für dich habe ich ein richtiges Steinhaus bauen
lassen, das solange schon leer steht und auf dich wartet,“
fügte er hinzu.

„Sieh nur, dort ist dein Reich. Fortan werde ich auf all die
Raubzüge verzichten und nur noch...“

„Ach, verspreche nicht zu viel, denn auch ich kenn dich sehr
gut. Was sagst du, wenn ich dir eröffne, dass es mit uns kein
Traum, sondern alles wirklich geschehen ist!“

„Was kümmert mich das jetzt noch wo du da bist,“
entgegnete er euphorisch.

Das Haus unterschied sich extrem von allen anderen
Behausungen dieser Zeit. Es war solide und wetterfest aus
Felssteinen gebaut und in mehrere Räume aufgeteilt.

Zu meinem Entzücken, besaß es richtige Fenster, welche die
Räume ausreichend erhellten. Doch freilich nicht aus Glas,
sondern aus einem undefinierbaren Material, einer Erfindung
von Justin.

Weiter besaß es einen robusten, steinernen Herd und einen
gemauerten Schornstein, der aus dem Dach ragte.

Gleichwohl, war es nur spärlich möbliert.

Doch das störte mich nicht sonderlich. Denn Ture hatte sich
schon damals, als begabter Zimmermann erwiesen.

Er würde gewiss, nach meinen Anweisungen, für eine
behagliche, wenn auch rustikale Einrichtung sorgen.

Holz gab es genug. Der endlose Wald war nicht weit.

Zudem hatte er genügend Hilfskräfte, die wacker zupacken

konnten, um bei der Gelegenheit, einen neugierigen Blick auf mich zu werfen. Jedoch erwies es sich als schwieriger, als gedacht, zumal es an passenden Werkzeugen, wie einer elektrischen Säge, Schrauben und anderen Hilfsmitteln mangelte. Eingesponnen in all der Hektik, blieb mir keine Zeit zum Grübeln.

Justin sah ich erst nach fünf Tagen wieder.
„Viel Spaß mit deinem neuen Lover!" Rief er mir, im vorbei gehen spöttisch zu, bevor er mit seiner Truppe, aus meinem Leben entschwand.
Doch er wäre nicht Justin, wenn es auf Nimmerwiedersehen sein sollte. Denn gelegentlich hörte ich über ihn die unglaublichsten Geschichten.
„Soll er nur die Welt verdrehen und seinen irrsinnigen Trieb nach Veränderung ausleben, wenn er nur weitgenug von mir entfernt ist und unser kleines Glück nicht stört: Ein kleines Glück, wird einmal groß". Heißt es in einem Lied.
So bewahrheitete es sich bei uns, denn unser Glück war unbeschreiblich, Sturm und Hitze.
Nie hatte ich mehr Harmonie und bedingungslose Liebe erfahren. Alles war unwirklich, doch intensiver, als in meinen Erinnerungen. Ture war hitzig und zahm zugleich und mir hündisch ergeben, doch Manns genug, seinen Standpunkt zu behaupten.
Er konnte recht streitbar sein, wenn sein Wort nicht befolgt wurde und unter den Aufsässigen, kräftige Hiebe verteilen.

Doch bevorzugt, riss er den Ungehorsamen, krafttrotzend im
Nacken hoch um ihn dann Meterweit fortzuschleudern.
Das wirkte brutaler als es war. Manchmal genügte schon ein
Blick zulange auf seine Göttin, ihn zu erzürnen.
Gewöhnlich war ich zahm wie ein Schmusekätzchen.
Doch anders, wie im vorigen Leben, gönnte er mir, wenn auch
widerstrebend, ein gewisses Quäntchen Freiheit.
Ohne die ich wie ein Vogel ohne Flügel dahinvegetieren
würde und sehr unglücklich wäre.
Doch von marternder Eifersucht getrieben, vermutete er,
ich könnte mich heimlich mit Justin treffen.
So beauftragte er einen Spion, der mir unsichtbar
und geräuschlos auf leisen Sohlen folgen sollte.
Was ihm jedoch nichts brachte, wenn ich mit der Stute
ausritt. Denn so verlor der Späer mich aus den Augen.
Auch hier hatte ich mir ein Stückchen Garten Eden
geschaffen. Gegen den ausdrücklichen Befehl, n cht selbst
Hand anzulegen und womöglich in der Erde zu wühlen.
So das er nur meine Diener darin wirken sah, mit graben
und hacken beschäftigt.
Die Bepflanzung jedoch, übernahm ich alleine, immer dann,
wenn er ruhte oder schlief.
Doch nachdem er Jahrelang die köstlichen, süßen Beeren
genüsslich verschlungen, lockerte er sein Verbot.

Die Jahre vergingen.
Längst war ich ein Teil des urigen Lebens in der fremden Zeit

und untrennbar mit Ture verbunden.
Dennoch mochte ich auf gewisse, mir unbedingt notwendigen
Dinge nicht gänzlich verzichten, welche ich nur in der neuen
Zeit bekommen konnte.
Ein Trip durch den Zeitkanal, war unumgänglich.
Obwohl ich wie auf Wolken schwebte, konnte ich es dennoch
nicht über mich bringen, die ersten Anzeichen des Alters
außer Acht zu lassen.
Zweimal hatte ich im Laufe der Jahre schon, heimlich das Jahr
2040 aufgesucht und nicht versäumt, bei der Gelegenheit,
mich um ein paar Jahre zu verjüngen.
Ich konnte der Versuchung nicht widerstehen.
Was von Ture natürlich nicht unbemerkt blieb.
Doch er war klug genug zu schweigen.
Doch der Lauf der Zeit war nicht aufzuhalten. Ture alterte
zusehens. Lange schon, nahm er an den wilden Überfällen auf
andere Lager nicht mehr teil.
Jedoch das Feuer in seiner Brust, die Glut in seinen Augen,
erlosch nicht, sie verbrannten mich noch immer.

Lange schon hatte ein junger Stratege die Führung
übernommen.
Gleichwohl genoss Ture die Würde und den Respekt des
Stammesfürsten der Gemeinde auf Lebenszeit.
So wie ich, als heimliche Herrin des Camps angesehen wurde.
Nun ja – ich hatte notwendige, unumgängliche
Veränderungen und Erneuerungen eingeführt.
Die insbesondere, den bis dato rechtlosen Frauen
zugute kamen. Nämlich der Verbindung durch Heirat

mit den dominanten Männern, die ein Kind gezeugt
hatten.
Mein Wunsch und Streben war es, aus dem Wirrwarr,
Familien mit Rechten und Pflichten zu Gunsten cer Kinder
in geordneten Verhältnissen zu festigen.
Jede der einstmals geraubten und mit Gewalt entführten
Frauen, hatten somit ein Anrecht auf einen Ehemann.
Sowie die Kinder aus dieser Verbindung, auf einen
rechtmäßigen Vater.
Ich selbst habe die Trauungsreden gehalten, um somit auf
die üblichen klaren Fragen, die so wichtigen, eindeutigen
Antworten von „Treue und Respekt" vor versammelter
Menge, feierlich ausgesprochen, bestätigt zu hören.
Denn auch die Götter vernehmen den Treueschwur.
Wenn auch keine Glocken erklangen, sondern nur die
heiseren Töne der Lure und Trommelklang die feierliche
Zeremonie begleitete, so wurden es dennoch festliche
Rituale, die den Dorfplatz belebten und für Furore sorgten.
Doch nicht zu vergleichen mit unserer Hochzeit, die an Prunk
und Feierlichkeiten kaum zu überbieten - drei Tage währte.
Eine Sinfonie der Emotionen, wenn auch unnötig
aber eindrucksvoll.

Von meinem ersten Trip in die neue Zeit, hatte ich unter
anderen, nützlichen Dingen, einen großen Beutel Wolle,
Strick und Häkelnadeln mitgebracht.
Ach, war das ein willkommenes Wunderwerkzeug,
was zunächst für Verwirrung und ungläubiges Staunen
sorgte und einen wahren Freudentanz hervorrief und zu

einem eifrigen Nadel klappern führend, echte
Künstlerinnen der Handarbeit herauskristallisierte.
Jedes Kind trug bald ein molliges Wollmäntelchen und die
Männer zogen mit Skimützen, die sie bis an die Nase zogen,
als Buhmänner in die Schlacht. Ein Bild für die Götter.

Ture hatte gut vorgesorgt.
Im Haus ging mir ein Sklavenpärchen zur Hand, die mir
alle groben Arbeiten abnahmen. Dennoch blieb mir
genug zu tun. Mir oblag es, den köstlichen - so
begehrten Met herzustellen, dessen geheime
Braukunst, nur ich beherrschte und in großen Mengen
ansetzte. Denn die Nachfrage war enorm.
Zudem übte ich mich im Seife herstellen.
Darüber hinaus, mühte ich mich, so etwas wie Papier zu
fabrizieren, was mir jedoch nicht so recht gelingen
wollte, es mangelte an diversen Zutaten, doch trotzdem
würde es seinen Zweck erfüllten.
Denn es sorgte für Hygiene und Wohlgefühl auf einem
gewissen Örtchen, das wir früher Donnerbalken
nannten.
Nachdem die Männer auf meine Anweisungen,
Gruben zur Aufnahme der Fäkalien aushoben, worüber
ein Bretterverschlag dazu beitrug, dass ein jeder allein
seine Verdauung intim entsorgen und sich notdürftig
reinigen konnte.
Die duftenden Tretminen zwischen den Büschen, waren
Vergangenheit.

Mein größtes Ansinnen war jedoch, einen funktionellen Webstuhl aufzutreiben. Wobei mir Justin eine große Hilfe hätte sein können. Justin, mit dem mich noch immer eine Hassliebe verband, fehlte an allen Ecken und Enden.
Auch war mein dringlicher Wunsch, nach einem Fleischwolf noch immer unerfüllt. So könnte ich das zäheste Hasen und Ziegenfleisch fein zermahlen und als zarte Fleischklößchen servieren.
Nun, dieses Gerät und eine Getreidemühle, standen ganz oben auf meiner Liste.
Ich sollte mich bald auf den Weg zum Zeitkanal aufraffen.
Die Tour war beschwerlich und die Vorbereitung nervig, denn der Weg war weit.

Ture war mittlerweile ein Greis geworden. Er hatte die magische Sechzig erreicht, ein ungewöhnliches Alter in dieser Zeit, welches nur selten überschritten wurde.
So sah er es gar nicht gern, wenn ich für ihn nicht erreichbar war und nörgelte wie ein Kleinkind. Sodass es mir schwer fiel ihn, wenn auch nur für einen Tag, allein zu lassen.

16 Jahre waren vergangen, als ich mich erneut – zögernd auf den Weg machte.
Ob mein Ex noch allein ist? Dieses Wort benutzte ich zum ersten Mal in Gedanken. Ich erschrak vor mir selbst.

Habe ich nicht schon Herzklopfen, wenn ich nur an ihn
denke?
Einen schmerzhaften Druck im Magen, wenn er mir in den
Sinn kommt?
Wird mein Herz nicht vor Verlangen hüpfen, wenn ich ihn
sehe? Oh, ich möchte ihn wiedersehen, seine unvergleichlich,
seelenvoll wissenden Augen, liebevoll strahlend auf mir
spüren?
Aber sie werden nicht strahlen, noch liebevoll mich
verbrennen.
Verachtung und Abscheu wird aus ihnen sprechen oder
stupide Gleichgültigkeit.
Und dennoch werde ich eines Tages zu ihm zurückkehren.
Waren wir nicht verbunden, bis in die Ewigkeit?
Ich könnte ihn aufsuchen. Nein nur sehen, heimlich
hinter der Hecke verborgen.
Auch das geliebte Haus mit meinem noch heißer
geliebten Garten wiedersehen.
Doch ich könnte es nicht ertragen - dann wieder zu gehen.
Oh – je, welch ein Wirrwarr der Gefühle.
So wählte ich einen anderen Zeitpunkt, um nicht in
Versuchung zugeraten.
Die Zeit drängte – ließ mir keine Muse für derlei
Spekulationen.
Ich kam mir sehr einsam vor, in den Menschenmassen
im Einkaufscenter. Kein bekanntes Gesicht nickte mir
freundlich zu, denn alle meine Freunde waren längst
gestorben.
So packte ich eiligst meinen Wagen voll.

Zum Glück hatte ich ja meine Stute, welche mir die Last
meiner Errungenschaften abnehmen würde.
Ein halber Tag war vergangen.
Nun folgten noch einmal etliche Stunden durch den
Urwald.
Die unter gehende Sonne im Rücken, erreichte ich das Camp,
in dem mich ein allgemeiner Trubel erwartete.
In dem Gewimmel von Männern, erkannte ich Justin.
Justin ist zurückgekommen, doch in guter oder böser Absicht?
Er pellte sich aus der Menge und steuerte lässig – spöttisch,
grinsend auf mich zu. Er baute sich breit vor mir auf mit den
Worten: „Na – noch immer in heißer Liebe schwelgend?
Wie ich sehe, teilst du noch immer das Lager mit
einem sabbernden, lallenden Tattergreis, während ich
noch immer...
Na du weist schon. Du dauerst mich, aber du hast es ja
so gewollt." War seine Begrüßung und spitzfindig fügte
er hinzu.
„Glaub nicht, ich will dich jetzt noch! Ich bin nur gekommen,
um unser Lager zu räumen. Ich habe viel sinnvollere
Aufgaben in einer anderen Zeit, die mich erfüllen, als mich
mit einem exzentrischen Weib zu belasten.
Aber zu deinem Trost, werde ich gelegentlich nach dir
schauen. Zudem wirst du gewiss von mir hören,
wenn ich mich in dieser Zeit aufhalte. Die Buschnachrichten
funktionieren bestens," ergänzte er und wendete sich brüsk
von mir ab.
„Oh du aufgeblasener Angeber – glaubst der Mittelpunkt der
Welt zu sein. Aber ich brauche dich und dein Mit eid nicht,

denn „Er" gibt mir mehr, als du jemals imstande warst zu
geben," fauchte ich hasserfüllt.
Ich bebte vor Zorn und aufgestauter Emotionen.
So wird es immer sein, wenn wir uns begegnen.
Denn über all die vielen Jahrhunderte hinweg, verband uns
noch immer eine heftige Hassliebe und eine erotische
Anziehungskraft, die alles zu überdauern schien.
Ach welch unsinnige, überflüssige Gedanken.

Mein Schätzchen wartet auf mich. Er braucht mich,
wie die Luft zum Atmen.
Ach Gottchen, dort steht er schon mit leuchtenden Augen.
Mein Bärchen - das weit die Arme für mich öffnete.
Eine innige Umarmung folgte.
Wenn er mich an sich zog, kitzelte sein Bart wie immer
und brachte mich wie ein junges Mädchen zum
kichern. So ließen seine zärtlichen Umarmungen nichts
zu wünschen übrig. Seine Libido Lust und Manneskraft,
waren weis Gott noch nicht erloschen. Zeigte das Alter
auch seine Spuren, wie das Nachlassen der Sehkraft
und des Gehörs. Plagten ihn auch andere Leiden, so
blieb er doch ein ganzer Kerl.
Unser Glück wäre nur unzureichend zu beschreiben.
Doch das blieb in unserem Kämmerlein verborgen – ging
keinen etwas an.
Ich umsorgte meinen Liebling mit Hingabe und erntete
seine ganze überschäumende Gefühlsballung.

Wieder einmal zogen die Männer auf Raubzüge aus.

„Willst du dem nicht endlich Einhalt gebieten?"
fragte ich unwillig.
„Lass sie nur ziehen, mein Herzchen, wenn es sie danach
verlangt. Sie sind nun mal keine Nesthocker.
Ich für meinen Teil, ziehe es vor in deinen Armen meine
Erfüllung zu finden."
„Aber sollten sie nicht endlich lernen das fruchtbare Land zu
bestellen, Getreide und Gemüse anbauen, anstatt auf den
räuberischen Überfällen auf unschuldige, redliche Bürger ihr
Leben aufzubauen und so verschwenden?
Was nützen uns die vielen erbeuteten Reichtümer,
die das Lager zum Übermaß füllen. Haben wir nicht genug
angesammelt?"
„Nun, im Reichtum kann man sich sonnen, er beruhigt
und beflügelt die Sinne. Ich bin reich wie ein König.
Doch für wahr, nicht die weltlichen Dinge machen mich
reich. Du allein bist es, die mein Leben bereichert,"
schmunzelte er.

Als die Männer von ihrem Feldzug heimkehrten, hatten
sie merkwürdige Dinge zu berichten.
Überall erzählt man von einem despotischen Eroberer,
der mit seiner Truppe das Land in Besitz nimmt und das Volk
in Angst und Schrecken versetzt.
Doch sie rauben und plündern nicht, sie besetzen das
Land und treiben seltsame Dinge, die an Hexerei
grenzen.
Nicht dass sie auch nur einem Mann ein Leides antun,
erschrecken sie die Menschen zu Tode, indem sie eigenartige

Steinklötze aufbauen. So vermuten die Eingeborenen einen Zauberer.
Doch nun ist er plötzlich mit seinem Gefolge verschwunden, wie vom Erdboden verschluckt!"
„Herr – je, das klingt wahrhaftig nach Justin. Was treibt er nur schon wieder?"
Doch ich würde gewiss nicht nachsehen, was Justin mittlerweile in seinem Übereifer fabrizierte.
Doch auch ich grübelte ja ständig über revolutionäre Neuerfindungen, gestand ich mir ein.
Das jedoch war nur eine Zwischenstation, ein misslungener Versuch, den Justin bald wieder abbrach.
Es trieb ihn weiter in die Vergangenheit, um sein Werk nutzbringend auszuführen.
Doch es würden immer Spuren seines Wirkend bleiben. Justin verschwand nicht so einfach.
Gewiss würde er eines Tages wieder hier auftauchen, dachte ich und vergaß ihn bald...

All die vielen Knaben, bei deren Geburt ich Hand anlegte und ein waches Auge auf die notwendige Hygiene hatte, waren mittlerweile zu kräftigen Streitern herangewachsen, die sich nun im Kämpfen übend, hervortaten.
Des Weiteren, übten sie sich in Zielsicherheit, Pfeile schießen und Lanzen werfen. So wie im mühelosen Heben des schweren Schwertes mit einer Hand.
All die Jahre hatten ich sie mit weiser Voraussicht - mit süßen heilbringenden Kräuterelixieren versorgt und so vor Krankheiten bewahrt.

Wie oft hatte ich ihnen die Nase geputzt und ihnen so
manches Mal tröstend über das Haar gestrichen.
Gleichwohl hatte ich sie das Zählen und Rechnen gelehrt.
Auch hätte ich ihnen gern die Grundbegriffe – die
Kunst des Schreibens beigebracht, was mir mangels an
Papier leider nicht möglich war.
Noch immer – auch im Rüpelalter, sahen sie mit
ehrlichem Respekt, zu mir auf.
Nun sollten sie eigentlich lernen, den Acker zu pflügen – ein
reelles Handwerk auszuüben. Doch sie bevorzugten
und erstrebten, den ruchbaren Werdegang ihrer Väter
fortzuführen.
Ist auch die Jugend unter meiner sanften Einwirkung
aufgewachsen. Eine neue vielversprechende
Generation, stolz, offen und erlebnishungrig wie alle
Teenager dieser Welt, doch ohne Vorbilder und
rechten Perspektiven.
Denn auch mit lenkender Hartnäckigkeit, sie auf einen
besseren Weg zu führen, konnte ich ihre Einsicht,
nicht erzwingen, was meinen Unmut über mein Versagen
hervorrief.
Doch wenn ich Ture meinen Ärger beklagte, antwortete er nur:
„Lass der Jugend ihren Lauf. Sie müssen zu echten Männern
taugen und tun was Männer tun müssen," brummte er,
mir gutmütig zuzwinkernd, während er seine lahmen Glieder
auf der Bank vor dem Haus ausstreckte und die wärmende
Sonne genoss.
Das Laufen war ihm nur noch mit Krücken möglich.
Seit Wochen plagten ihn schon, ein böser Husten,

der ihn insbesondere bei Nacht quälte und mir
ernsthaft Sorgen bereitete.
Über vierzig Jahre Mangelernährung, die ausschließlich
aus Fleisch und Met bestand. Fressorgien und
Alkoholexzesse nach erfolgreichen Beutezügen,
rächten sich nun mit bösen Folgen.
Doch ebenso schädlich und verheerend war es, wenn sie
ihre traditionellen Kampfturniere austrugen, aus denen
er zwangsläufig, als einer der stärksten hervortun musste,
um sich weiterhin als Hauptmann behaupten zu können.
Was mir stets vor Staunen der Atem stockte ließ.
Angesichts der Muskelstrotzenden Arme, meinte ich den
Bizeps vor Anspannung platzen zu sehen und den Rücken
knackend – brechen.
So war es mir hingegen kaum möglich, das bronzene
Schwert nur aufzunehmen, welches selbst mit beiden
Armen anzuheben, mich alle Kraft kostete.
Sein Einstmals enormer Appetit war einer Unlust auf
alles Essbare gewichen.
Sodas ich nicht nur ein Magenleiden vermutete,
sondern zudem ein baldiges Leber und Nieren
versagen befürchtete und sorgenvoll nach heilsamen
Kräutern Ausschau hielt.
Doch ich konnte sein Siechtum nicht aufhalten.
Er verfiel zusehends. Wenn er auch hinfällig und
Altersschwach erschien, so war er im Kopf klar und durchaus
nicht senil.
Auch wenn seine Augen noch immer vor Lebenslust
strahlten, so rückte sein nahendes Ende in greifbare
Nähe.

Unsere kostbare Zeit, schwand unaufhaltsam dahin.
Wenn er mich auch all die Jahre, seine Göttin nannte,
so bezeichnete ich mich selbst eher als Hohepriesterin,
nicht mehr als eine Götterbotin mit eingeschränkter Macht,
um meine merkwürdigen Zeitreisen, von denen ich so
ungewöhnliche Dinge mitbrachte, zu erklären.
Alles für ihn unbekannte, brachte ich von Walhalla mit,
all die wunderlichen Dinge, die es ja eigentlich nicht gab.
Ich vermied es, von der neuen Zeit zu berichten,
von dem sprudelnden Leben – der vieltönigen
Großstadtmelodie.
Von Maschinen, Fliegern und rasenden
Fortbewegungsmitteln.
Ich wiederholte nicht meine alten Fehler der
Vergangenheit.
Er sollte in seiner Zeitepoche glücklich sein.
Wohl aber erwähnte ich allerdings, die neumodischen
Pferdegespanne lobend, die man Kutschen nennt, in denen
man gar schlafend, bequem von Ort zu Ort gelangen konnte.
Es war wohl 1200 vor Christi, ich wusste nicht genau,
ob zu der Zeit das Wagenrad schon erfunden war.
Und wenn, so würde er den Komfort des Fahrens,
gewiss nicht mehr erleben.
Acht oder neun Monate waren wie im Flug vergangen.
Es war an der Zeit, der Zukunft einen Besuch abzustatten.
Zumal ich wirksame Medikamente zu erstehen gedachte.
Ein letzter winziger Hoffnungsschimmer.
Eigentlich war ich müde des ewigen hin und her Pendelns.
Zu sehr hatte ich mich an das geschäftige, wenn auch
entbehrungsreiche Leben im Camp gewöhnt.

Nachdem ich schon allerlei praktische Hilfsmittel besaß,
die mir mein Wirken erleichterten

Wieder einmal stand ich vor dem Zeitentor und betrachtete
sinnend die magische Höhle, die mein Leben auf solch
unglaubliche Weise durcheinander wirbelte. So erschien mir
jeder Trip ganz einfach so, als wenn ich aus den tiefsten
Provinzen in die quirlige Großstadt komme.
Hier sitzt der größte Übeltäter. Ein Roboter – die älteste

künstliche Intelligenz, mit mehr Macht als Gott.

Milliarden Jahre alt, einst geschaffen, irdische Menschenwesen
einzufangen, um einen fernen Planeten, der vermutlich längst
erloschen, neu zu beleben. Welches die
unzähligen gefangenen Wesen in seinem Inneren, erklärte.
Der für uns, die auserkorenen Zeitenreiser jedoch,
gleichsam Fluch, Elend, doch auch Glück und Erlösung bringt.
Und mich erst auf diese Abwege gebracht hat.
Verflucht sei er, wie viel Leid wäre mir erspart geblieben.
Er ist schuld, dass ich keine Ruhe mehr finde.
Ich könnte und sollte ihn vernichten, ganz einfach mit
einer Sprengladung. Und dann?

Dann bin ich in einer Zeit für immer gefangen, doch welche
Zeit wäre mir die liebste?
Ich könnte mich nicht entscheiden.
So besorgte ich die Medikamente und machte mich wie
immer in großer Eile auf den Heimweg.

Hier sitze ich nun sinnend. Ich sitze hier und schreibe
bisweilen ein paar Seiten zur Zerstreuung und Erleichterung
des Gemütes, meine Kümmernisse los zu werden.
Denn wenn ich sie auf Papier bringe, bekommen sie
Flügel, schweben davon, werden zu banalen
Wortgebilden, die meine Pein fort massieren.
Doch ich muss mich einschränken, mein kostbarer
Papiervorrat neigt sich dem Ende zu.
Währen aus dem Backofen vor dem Haus, köstlicher Duft
von frischem Brot durch das offene Fenster strömt und Ture

mir mit verträumten Augen, von seinem Sterbelager folgt:
Die Zeit hat keine Eile, war ein beliebtes Zitat von Justin.
Doch es strafte ihn Lügen. Denn die Zeit war flüchtig und nicht
aufzuhalten. Sie zerstörte unser kleines Glück.
Doch ich kann das Rad der Zeit nicht zurückdrehen,
wie viel auch geschehen ist.
Doch die Tragik meiner desolaten Situation, wurde mir
erst später bewusst.

Fernab von mir und meinen Sorgen, werkelte Justin in
bodenloser Tiefe der Zeit. So vieles konnte und musste er von
Grund auf, auf der Erde verbessern. Er musste die Erde neu
erfinden.
Tagelang grübelte er über eine perfekte, jedoch
schwierige Lösung – der Umverteilung der hohen
Emission und CO.2 Werte in der neuen Zeit,
welche das Klima zum kochen brachte und die
Atemluft verseuchte, auf alle Zeiten gleichsam zu
verteilen.
Doch was noch besser wäre, sie in die tiefste Vergangenheit
zu leiten, spekulierte er. So könnte man von der Eiszeit
profitieren. Sie aus der Hitzesprühenden - das Leben
lähmende - die Glut ausströmenden Betonklötze der
Großstätte leiten.
Die Luftverpestung und somit die unerträglich hohen CO 2
Werte quasi fortblasen, nicht aber in die Atmosphäre.
Dazu jedoch, müsste er die Eiszeit aufsuchen. Doch in die
unwirtliche Eiszeit zu gehen, war nicht in seinem Sinne,
grübelte er weiter.

Nein – jetzt hatte er die zündende Idee. Jetzt hatte er
die Lösung – die Rettung der Welt.
Ich werde sie nicht in die Zukunft schaffen für einen
Neubeginn. Denn ich werde die Zukunft in der Vergangenheit
neu erschaffen, auch wenn es nicht so vorbestimmt ist, auch
wenn die Menschen in ihrer Unvernunft noch dazu beitragen.
Ein genialer Gedanke ergriff Besitz von ihm.
Er brauchte eine gigantische Filter und
Verbrennungsanlage.
Für seinen Plan war der Zeitkanal der perfekte Platz.
Am Fuße des Berges praktischerweise direkt unter dem
Zeitentor, welches er blockierte, dass sich das Tor nicht mehr
schließen konnte und der Zeitenstrom ungebremst in die alte
Zeit, zwei Millionen Jahre tief, fließen konnte.
Ein Fließband rollte den Dreck von Jahrhunderten in
die Tiefe der Zeit – ließ ihn verschwinden.
Er könnte...
Oh Mann – wenn ihm das gelingen würde, das wäre
phänomenal. Er musste handeln – jetzt.
Denn die gewaltigen Zentralcomputer, würden einst die
letzten Hüter der Erde sein. Einer Erde ohne Menschen.
Außer Robby dem Zeitenlenker, der letzten Endes über die
größte Macht verfügt und alles überdauern wird.
Denn er allein vermochte alle Zeiten des Universums zur
gleichen Zeit erscheinen und verschwinden zu lassen.
Nie brauchte Justin ihn mehr als jetzt für seine P äne.
Er musste nur alles in die richtigen Wege leiten.
Alles hatte er sich indessen gründlich überlegt, perfekt
bis ins kleinste Detail.

Die Sklaven bauten schon die Einzelteile zusammen.
So mussten sie über ungewöhnliche Maßnahmen verfügen.
Doch eigentlich waren es keine Sklaven, denn sie
wurden königlich belohnt.
Es widerstrebte ihm nach wie vor Sklaven zu nehmen
und auszunutzen.
Nun konnte er es kaum erwarten, die Maschinerie laufen zu
sehen.
Alles nahm Formen an.
Ergötzt betrachtete er sein geniales Werk.
Hier gab es keine Menschen, die an dem Qualm der
Treibhausgase ersticken würden. Hier ist die Luft noch sauber
und rein.
Dennoch steuert das Wärmeklima eines Tages in die Eiszeit,
wie wir wissen. Doch es ist noch lange nicht so weit.
Selbst wenn es sich noch mehr erwärmt, erneuert es
sich eines Tages in der reinigenden Eiszeit, die alles
regenerieren wird.
Dieses Wissen bestärkte ihn in seinem Vorhaben.
In seine schwirrenden Betrachtungen, erreichte ihn die
Nachricht: „Der urige Hauptmann, der Rotbart, na du weist
schon wen ich meine, der liegt auf dem Sterbebett.
Deine Angebetete ist schon fast eine Witwe!"
„Ach was du nicht sagst. Doch stör mich nicht in meinen
Überlegungen. Zur Zeit habe ich keinen Kopf für
Nebensächlichkeiten. Mich plagen wichtigere Probleme,"
grunzte er ärgerlich und schüttelte unwillig den Kopf.
Immer diese lästigen Unterbrechungen.
Es dauerte eine Weile, bis die Nachricht sein Hirn erreichte.
„Wie – was sagtest du da eben?"

„Ich sagte, dass deine Lieblingsfrau so gut wie eine
Witwe ist."
„Was? Sie ist Witwe?"
„Nein noch nicht, aber es kann jeden Moment
geschehen."
„Oh – wenn dass keine gute Nachricht ist", frohlockte er.
„So übernimm du augenblicklich den Aufsichtsposten.
Ich habe anderes zu erledigen," sagte er ungeduldig
und verließ fluchtartig den Platz.
Seine Gedanken machten Sprünge.
Vermutlich war sie schon Witwe, allein zwischen den Wilden.
So kam er gerade zur rechten Zeit, denn nun brauchte sie eine
starke Schulter zum Anlehnen und streichelnde Hände zum
trösten.
Der enorme Zeitunterschied war schnell überwunden.
Er trieb seinen Gaul zu großer Eile.
Bald tauchte das Lager vor ihm auf.

Auf dem langen Weg, hatte er genügend Zeit,
sich einen plausiblen Grund für sein plötzliches
Erscheinen zurecht zu legen.
Die Aussicht, sie schon bald an seinem Herzen zu spüren,
ließ ihn übermütig pfeifen.

Ich stand vor dem Haus und breitete die frisch gesammelten
Kräuter in der Sonne zum Trocknen aus, als ich einen
einsamen Reiter heran preschen sah.
Nanu, ist das nicht Justin?
„Was treibt dich hierher und wozu die Eile?"
„Ach Carla Schätzchen. Ich bin in der Tat in Eile.

Ich benötige dringend eine Handvoll Sklaven.
Ich möchte sie euch abkaufen. Wo ist der Boss?"
Er wusste, dass ich von Sklavenhaltung nichts hielt,
ganz zu schweigen von Menschenraub, denn nichts
Anderes war es.
Auch ich hatte das Leben als Sklavin einst erdulden müssen.
Er schaute sich neugierig um.
„Wie geht es dir und deinem - aeh - deinem Liebsten.
Vermutlich hält er gerade sein Mittagsschläfchen?"
„Ach ja,"seufzte ich, „er schläft sehr viel. Er ist nicht mehr
der Jüngste, wie du wohl weist und ich werde ihn gewiss
nicht wecken."
„Nein um Gotteswillen, lass ihn nur schlafen. So können wir
einen kleinen Gang durch das Lager machen. Wenn es dir recht
ist, auch bis an den See spazieren. Dann kannst du mir alles
erzählen, was seitdem geschehen ist!"
„Ja, eine kleine Abwechselung kommt mir gelegen.
So lass uns einen kleinen Spaziergang machen. Bisweilen ist es
recht langweilig. Hier passiert nicht viel aufregendes, die Leute
sind so stupide und faul, sie verschlafen den halben Tag.
Nur die Kinder lärmen ungebremst, aber sonst bin ich
zufrieden," fügte ich schnell hinzu.
„So so – zufrieden bist du, willst du mir weis machen.
Ich sehe doch, dass du unglücklich bist und leidest."
„Nun ja, ich habe Sorgen, große Sorgen martern mich,
aber damit muss ich allein fertig werden, das geht dich nichts
an," betonte ich.
„Du willst mir damit sagen, ich kann dir nicht helfen und dir
beistehen? Du weist doch, ich bin immer für dich da,
wenn du Hilfe brauchst."

„Mir kann keiner helfen, auch du nicht,“ sagte ich
verzagt, während ich mit finsterer Miene neben ihm
einherschritt.
„Nun denn, so lass uns für ein Stündchen allen
Kummer vergessen. Komm, wir gehen auf unsere
geheime Insel im See. Dort werde ich dich trösten
und deine Sorgen vergessen machen.“
Seine erotische Anziehungskraft war ungebrochen
und siegte.
Als seine wissenden Hände, mich geübt berührten,
geriet ich in Flammen.
Doch flüchtig war die Glut – erloschen so wie das
wallende Blut sich abkühlte und nichts bei mir
zurückließ.
Nein – da war nichts mehr, was mich an seiner Seite zu
bleiben drängte.
Auch nicht seine zärtlichen Worte: „Bleib doch bei mir!“
Doch seine leidenschaftlichen Worte berührten mich
nicht.
Mich erdrückten auch keine Gewissensbisse, denn es war ja
Justin, mein ältester Freund und gleichermaßen Feind, seit eh
und je, mit dem mich eine sinnlich, erotische Macht verbannt.
So war es der typische Gang, die Kopfhaltung,
das unwiderstehliche Lächeln und nicht zuletzt,
der spöttische, ironisch, unergründliche Blick, der dem Weibe
einen warmen Schauer und ein Kribbeln im Bauch und die
Knie weich werden ließ.
Kurz, der Siegertyp mit dem Verführungs - Gen.
So war ich doch mittlerweile hundertprozentig gefeit vor
ihm.

Unsere Begegnungen und die Anziehungskraft,
die von ihm ausging, waren bei mir nur erotischer
Natur und von keiner weiteren Bedeutung, nüchtern
gesehen.
„Du hast wohl deine ursprüngliche Mission vergessen.
Wolltest du nicht den Boss aufsuchen und deine unsaubere
Aktion aushandeln? Und was mich betrifft, so ist meine Zeit
mit dir abgelaufen, ich habe anderes zu tun. So komm, ich
werde dich noch zu ihm führen. Du weist ja gar nicht we   r
jetzt der Stammesführer ist."
Ein Deal war schnell ausgehandelt. Acht kräftige Kerle
wechselten den Besitzer.
„Wie steht es, benötigst ihr auch Weiber? So kann ich euch
nur Eheweiber mit den dazu gehörigen Kerlen bieten.
Doch damit machst ihr einen guten Fang, denn die sind
nicht rebellisch und unwillig bei der Arbeit.
Sie sind gezähmt und arbeitsam. Selbst die hohe
Herrin, verfügt über ein solches Paar und sie ist vollauf
zufrieden - oder?"
„Ja - so ist es, sie sind überaus verlässlich und leisten gute
Arbeit. Wenn ich sie auch nicht als Sklaven betrachte,"
bestätigte ich, ungeduldig.
„Sie sind es auch, die meinen Liebsten in meiner
Abwesenheit versorgen," sagte ich an Justin gewandt
und schickte mich an zu gehen.
Nach kurzer Überlegung, schüttelte Justin den Kopf.
„Euer Angebot weis ich zu schätzen. Doch ich begnüge
mich mit den acht Männern," entgegnete er auf die
Frage des Hauptmanns.

„Aber so warte doch Carla," rief er mir zu und zupfte mich
am Ärmel.
„Willst du denn gar nicht wissen, wann ich wiederkomme?
Wir müssen noch einen Tag festlegen, an dem ich mit meinen
Männern komme um die Sklaven abzuholen!"
„Ach, ein Tag ist ebenso gut wie der Andere,
es ist doch egal.
Ja gut, wenn es dich beruhigt, warte ich noch so ange,
bis du deinen Deal abgeschlossen hast," räumte ich
ein. Während Justin einen wohl gefüllten Geldbeutel
aus seiner Satteltasche kramte.
Ein beachtliches Sümmchen, bestehend aus
Goldklumpen, machte Justin zur Freude des
Stammesführers locker und übergab sie feierlich.
„Den Rest bekommt ihr bei Abholung. Nun, ich kann
nicht genau sagen, wann das sein wird," ergänzte er.
„Oh, ich bin überwältigt von euer Herzenswärme und euerm
Wohlwollen," freute sich der Hauptmann und wiegte das gut
gefüllte Ledersäckchen genüsslich in den Händen.
„Habt Dank, doch ich will nicht als gierig erscheinen
und eure Großzügigkeit belohnen. So nehmt als besondere
Draufgabe, diesen köstlichen Schinken. Soll er euch laben
und stärken."
„Gemach – gemach", winkte Justin bescheiden ab und ließ die
Köstlichkeit von den Männern in seine Satteltasche
versenken."
Geld spielte bei ihm keine Rolle.
Er war stets großzügig mit Finanziellem umgegangen.
„Ich habe jetzt wirklich keine Zeit mehr für dich,"
bemerkte ich, langsam ungeduldig werdend.

Ich sah seine Augen verständnislos auf mich gerichtet –
ahnte seinen inneren Aufruhr.
„So leb dann wohl mein Freund, bestimmt sehen wir uns
wieder, vielleicht in einem anderen Leben!" sagte ich
und lief davon.
Es war alles gesagt, genug ist genug. Alles hat ein Ende,
dachte ich, nicht ohne Wehmut.
Ture, der indes von seinem Schläfchen erwacht auf der
Bank vor dem Haus hockte, schaute mir mit
vergrämter Mine entgegen.
„Ich habe euch gesehen, dich und diesen verfluchten
Weiberhelden! Wirst du mich jetzt verlassen und mit ihm
gehen?"
„Aber nein - nein, wie kannst du das nur denken,"
rief ich erschrocken aus. „Dich könnte ich nie niemals
verlassen. Mit dir gehe ich bis ans Ende," betonte ich
nachdrücklich, kniete mich ergeben vor ihn
und umschlang seinen Körper.
„Ich bin kein Mann mehr – kann dich nicht mehr
gebührend versorgen. Denn wenn ich noch ein
richtiger Mann wäre, würde ich ihn jetzt ohne
Umschweife töten – köpfen mit meinem Schwert."
„Nein das brauchst du nicht mehr tun, denn er ist längst
gegangen – gegangen für immer. Unsere kleinen Amore
waren bedeutungslos, dich – nur dich liebe ich."

Mit dieser brutalen Abfuhr hatte Justin nicht gerechnet
und zog sich grollend zurück.
Nun, es hatte nicht sollen sein. Wozu sollte er sich auch mit
einer exzentrischen Frau belasten, vergeudete Zeit.

Der Weiber gab es genug. Wenn auch nicht diese Eine,
die so lange schon sein Denken beherrschte.
Die Erniedrigung trieb ihn an, fort von diesem
verfluchten Ort.
Ungestüm jagte er durch den Wald.
Als er das Zeitentor passierte und die Urzeit betrat, atmete
er erleichtert auf.
Hier spielte sein Leben. Liebeskummer ist was für
sensible Langweiler, tröstete er sich.
Er hingegen, war ein rastloser Abenteurer, ein Genie,
ein Held.
Doch gebührte einem Helden wie ihm, nicht ein besonderes,
ein außergewöhnliches – göttliches Weib?
Als er in seine selbstgewählte Zeit eintauchte und die
Sklaven emsig sein Werk fortführen sah, war sie schon
fast vergessen.
Bei näherem Hinsehen jedoch, bemerkte er, das die Sklaven
keineswegs freudig ihre Arbeit verrichteten.
Erschrocken registrierte er, dass sie mit der Peitsche
angetrieben wurden.
„So missbrauchst du deine Macht, in meiner Abwesenheit,
Sklaventreiber – Menschenschinder der du bist.
Ich dulde keine Prügelstrafen!" rief er empört und entriss
seinem Stellvertreter, grimmig die Peitsche.
„Ach, die sind so widerspenstig und bockig, sie wollen nicht
zügig arbeiten, die faule Bande," rechtfertigte er sich.
„Du selbst willst doch, dass wir den Bau vorantreiben,"
antwortete er trotzig.
„Ja – aber doch nicht so!"

Macht für heute Schluss, Männer. Hier nehmt was ich eigens
für euch erstanden habe.
Dieser köstliche Schinken soll euch für euer erlittenes
Ungemach entschädigen. Entzündet ein Freudenfeuer,
dieser Abend gehört euch und eurem Vergnügen!
Und morgen in aller Frische geht es weiter."
So sprach er besänftigend zu den geschundenen
Männern, die ihn dankbar anhimmelten.
„Man muss die Arbeiter, bei guter Laune halten,
selbst wenn es nur in deinen Augen, stupide Sklaven sind.
Auch sie haben eine sensible Seele,"
fügte er klärend hinzu.
„Nun zu uns," er fasste den Verdutzten
freundschaftlich um die Schulter.
„Nichts für ungut Kumpel, wir ziehen doch alle an dem
gleichen Strang! Die armen Kerle sind sichtlich überfordert,
sie verstehen den Sinn ihrer Aufgaben nicht. Wie du selbst
siehst, darum habe ich noch einen Schwung Sklaven dazu
gekauft.
Ihr könnt sie in den nächsten Tagen abholen. Sicher lechzt ihr
schon nach einer Abwechslung – einem kleinen Ausflug in die
gemäßigte Zeit!"
„Oh gewiss doch, nur zu gerne – doch in welche Zeit?
Ich vermute – ah ja ich verstehe, es ist die Niederlassung
der Wilden, das Camp von dem du soeben kommst!
So kommst du nicht ganz unverrichteter Dinge zurück,"
stichelte er, nicht ganz ohne heimliche Schadensfreude.
„Du sagst es, doch was geht dich mein Liebesleben an,
du neugieriges Klatschweib," erboste sich Justin.

Jetzt brauchte er einen klaren Kopf für sein Vorhaben.
Noch einmal ging er seine Berechnungen sorgfältig durch,
tüftelte endlos an Kleinigkeiten, die sich aneinanderreihten
und doch so wichtig für das Gelingen waren.
Wieder und wieder, ging er seine Spekulationen durch.
Überdimensionale Rohre mussten beschafft und
installiert werden, um die Ablüfte und den
Wohlstandsmüll der Zukunft in die Vergangenheit zu
leiten.
So entstand eine Fabrik.
Direkt am Zeitkanal, wurde das Tor zur Welt für seine Zwecke
missbraucht und ohne Gewissensbisse verschandelt.
Bald surrten die Motoren - einen unerträglichen Lärm
und Gestank ausstoßend.
Der natürliche, friedliche Berg mit seiner mystischen Höhle,
war zu einer Müllhalde umfunktioniert, welche sämtliches
Getier mied.
Ein Fließband, das zunächst als Dreckschleuder cen
Unrat beförderte, bestand nun aus überdimensionalen
Rohren, die in eine Müllverbrennungsanlage
mündeten.
Welch wahnsinnige Kapazität benötigt wurde und imstande
was, den gesamten Dreck nebst Umweltgiften
und schädlichen Gasen aufzunehmen, die seinesgleichen
suchte und alles bisher Dagewesene übertraf und nun hier
die Atemluft verpestete. Ingenieure, Schlosser, Mechaniker
und Maschinenbauer, alles Meister ihres Faches, bildeten
einen Stab, der ihm mit Rat und Tat zur Seite stand.
Alle auf die baldige Eiszeit bauend.
Gleichwohl gab es unter ihnen Gegner und Zauderer.

Nicht selten kam es zu heftigen Auseinandersetzungen.
„So begreift doch endlich Männer, die Eiszeit,
die dazwischen liegt und mit Sicherheit einsetzt, wird alles
wieder regenerieren und die Atemluft reinwaschen
bis in   die Atmosphäre," predigte Justin allen Ignoranten.
„Und wenn die Eiszeit sich nicht entwickeln kann?"
Meldeten sich die Zweifler zu Wort.
„Ach Unsinn, sie wird zu gegebener Zeit eintreten,
das ist alles belegt," ereiferte sich Justin.
„Lasst euch nicht täuschen, durch die derzeitige,
künstliche Erwärmung," fügte er belehrend hinzu.
„Ja es ist verdammt heiß geworden hier.
Wir sehnen uns nach einem gemäßigten Klima und wie lange
sollen wir das hier noch weiterführen? Ich will hier nicht
mein Leben vergeuden," maulte Einer.
„Nein, ich auch nicht," stimmten andere ihm zu.
„Wir wollen endlich nach Hause, in die Zivilisation,"
meldeten sich nun auch andere zu Wort.
„Ach, zu Hause ist es noch viel schlimmer als hier," warf
Justin ein, „und bedenkt nur, alles wird nur noch viel
unerträglicher werden, wenn wir jetzt aufgeben würden."
Doch das Murren der Unzufriedenen hielt an und vergiftete
die einst so friedliche Stimmung im Lager.
„Wenn es euch so sehr nach Mammi zieht, so geht
doch und lasst mich allein," polterte Justin.
So zogen sie nach und nach heimlich – feige davon.
Zurück blieben nur zwei Getreue, nun ja, äußerlich Männer,
doch sie verhehlten nicht ihre wahren Gefühle für den noch
immer umwerfend, aussehenden Frauenschwarm,
der offenbar nicht nur das weibliche Geschlecht betörte.

Justin jedoch, hatte nie auch nur einen Gedanken an derlei
Amouren verschwendet.
So war er nicht nur im Lager ohne weibliche
Gesellschaft.
Auf dem ganzen Planeten dieser Zeit, war noch kein
menschliches Wesen intelligent und sprachbegabt zu finden.
Sich mit einem Homo erectus Weibchen zu paaren, erschien
ihm so pervers, wie es mit einem Tier zu treiben.
Verbissen betrachtete er sein, von ihm geschaffenes Werk.
Undank ist der Welten Lohn.
Habe ich nicht auch ein eigenes geselliges Leber verdient?
Wie lange schon hatte er kein Weib mehr, bei erbaulichem
Tanz mit Musik und Lachen im Arm gehalten.
Dabei dachte er keineswegs an die ausschweifenden
Orgien in der fernen Zeit – seiner Zeit. Danach stand
ihm nicht der Sinn. Viel mehr drängte es ihn nach einer
festen, ehrlichen Beziehung, nach der Unrast seines
abenteuerlichen Lebens.
Lebhaft schwirrte eine bestimmte, leidenschaftliche
Powerfrau, noch immer in schlaflosen Nächten in seinem Kopf
herum. Nur „Sie" sollte es sein. Sie allein war es, die sein Herz
erwärmte. Von solch einem Weib geliebt zu werden,
ist das Höchste.
Aber vorher – Kleopatra oder viel besser noch die schöne
Helena, die Halbgöttin Isis oder die betörende Dalila erobern,
zumal ich ja alle Zeiten zur Auswahl habe. Ha – ha,
witzelte er in Gedanken in seiner Einsamkeit.
Er ahnte, viel mehr als dass er es wusste, dass sie
inzwischen Witwe war.

Er würde ihr erneut seine Aufwartung und damit verbunden,
einen ehrlichen gemeinten Antrag machen.
Sie würde ihn nicht auslachen, dafür war sie zu cool
und erhaben.
Doch er musste mit einer schmerzhaften Abfuhr rechnen.
Dennoch sollte er sich bald auf Freiersfüße begeben.
Noch fühlte es sich ausersehen, sein großes Werk
fortzuführen.
Doch sein Esprit, ließ mit jedem folgenden Tag nach
und wich einer lähmenden Verdrossenheit.
Was nützte ihm selbst sein eifriges Streben?
Ach, ich bin des allen so überdrüssig – kann nicht mehr klar
denken.

Kapitel 12: Die Glut der Hölle ist erloschen

Ein ungutes Gefühl trieb mich unruhig hin und her.
In banger Sorge, begab ich mich erst sehr spät auf unser
Nachtlager.
Doch ich konnte keine Ruhe finden. Besorgt lauschte ich auf
Tures stockende Atemzüge.
Als er plötzlich aufschreckte und zu stammeln begann:
„Die Götter rufen mich – ich muss gehen – sie greifen nach
mir. Ich wär so gerne noch geblieben – bei dir.
Oder ist es der Teufel, der auf meiner Brust sitzt und mich
erdrückt?" Röchelte er und verstummte.
Er war eingeschlafen, in den Schlaf ohne Ende.
Er war von mir gegangen, hatte mich für immer verlassen -
allein gelassen – allein unter den Barbaren.
Habe ich das Ende auch lange schon kommen sehen,
so stand ich nun erschüttert vor seinem Leichnam.
So war er augenblicklich nur noch eine leere Hülle,
kalt und steif – nicht mehr mein spritziges Kuschelbärchen,
sondern stumm und fremd.

Es drängte mich, auf der Stelle fort zu laufen, fort von diesem
unwirklichen Ort.
Doch ich hatte noch endlose Prozeduren zu
überstehen, denn ich war ihm eine angemessene,
feierliche Beisetzung schuldig.
Mit zitternden Händen öffnete ich alle Fenster.

Ein neuer Tag war angebrochen, doch der Himmel
hatte sich verdunkelt. Die Strahlen der Sonne,
erreichten mich nicht mehr.
Alles war plötzlich anders. Ein Gefühl, unendlicher Leere
breitete sich in mir aus. Die Vögel sangen nicht mehr.
Ich fühlte mich wie der einsamste Mensch auf Erden.
Auch fühlte ich mich schutzlos und angreifbar, angesichts
der wilden Junggesellen.
Denn weis Gott, nicht alle hatten sich dem Ehejoch
gebeugt, sie wollten frei bleiben.
Doch ich war nicht wirklich einsam, wie ich bald feststellen
sollte. Auch wenn ich nicht laut klagend die traurige
Nachricht heraus trug, war ich augenblicklich von unzähligen,
mitfühlenden Bewohnern umgeben, die mir Trost und
Mitgefühl spendeten – mich in sanftmütige Herzenswärme
und Nächstenliebe einlullend, fast erdrückten.
Wie konnten sie wissen dass...
Doch es gab nicht genug der Worte des Trostes, meinen
Schmerz zu lindern.
Wie betäubt kauerte ich zwischen ihnen und ließ alles was
nun folgen musste, geduldig über mich ergehen.

Eine Trauerfeier – endlos mit herkömmlichen Ritualen,
wie es einem Stammesfürsten gebührte.
Als sein Leib letztendlich dem Feuer übergeben,
die Flammen nach ihm leckten und ihn verschlangen,
erwachte ich aus meiner Apathie.
Was soll ich noch hier, ohne Ihn.
Ich erhob mich, schüttelte die Beklemmung von mir

und schritt zielstrebig zum Stall, um die Stute zu satteln
und führte sie auf den Dorfplatz.
Es gab nichts, was mich jetzt noch hielt.
„Ach, so bleibt doch, Herrin," versuchten Sie mich
aufzuhalten.
„Mit euch ist so viel Glück und Segen über uns gekommen,
wir verdanken euch so unsagbar viel," ermutigten mich die
Frauen, worauf die Männer heftig zustimmend nickten.
Doch ich schüttelte nur energisch den Kopf.
Durch einen Tränenschleier, nahm ich diese letzte Szene in
mich auf.
„Habt dank meine Freunde für alles. Eure Liebe wird mich auf
meinem Weg begleiten, aber nun muss ich gehen.
Hier ist nicht mehr meines Bleibens.
Ich muss nach Walhalla ziehen dort erwartet man mich.
So übergebe ich das Haus den beiden frisch vermählten
Sklavenpärchen, mögen sie darin so Glücklich sein,
wie ich es war.
Mein übriger Besitz soll unter den Frauen aufgeteilt werden,
so nehme sich jede, was sie benötigt, doch ohne Zank,
die Götter sehen alles.
So lebt denn wohl. Wir werden uns nicht wiedersehen."
Waren meine letzten Worte, bevor ich mich auf die Stute
schwang, nicht ohne einen letzten, wehmütigen Blick in die
versammelte Menge zu werfen und davon stob,
in eine andere Zeit.

Kapitel 13: Der Hüter der Erde

Justin indes hatte keine Ahnung – wusste nicht, was sich
zur gleichen Zeit, doch im Jahre 2300 abspielte.
Alle Sender berichteten pausenlos von dem Helden,
dem Retter der Welt.
Die Rechner, der Computer spuckten vorzügliche Werte
der Luftemissionen aus.
„Unsere Erde ist neu erstanden, wie ein neuer
Weltaufgang," Klang es aus allen Lautsprechern.
Des Lobes kein Ende.
Gott sieht mir Wohlwollen und Sanftmut auf uns herab,
predigten und frohlockten die Geistlichen.
Sämtliche Zeitungen, Journale und Klatschzeitschriften,
brachten Berichte in dicken Lettern.
Sie zeigten sein Gesicht, brisant mit herausragendem Flair
wie einen Superstar, doch ohne Starallüren.
Kein Schönling, jedoch mit dem gewissen angeborenen
Etwas ausgestattet, dem Sieger Gen, doch stets bescheiden
geblieben.
Einige findige, doch unwissende Reporter scheuten nicht
davor zurück, ihn gar als den goldenen Reiter zu bezeichnen.
Selbst das Internet quoll über von Lobhudelei und erweckte
den Anschein, ein jeder würde ihn kennen, den Hüter
der Erde. Man würde ihn wie einen König empfangen,
über den roten Teppich schreitend, mit berauschender
Laudatio und Jubel ohne Ende.
Der Showdown, das große Event kann beginnen.
Alles war bereit für den großen Auftritt.

Doch sie hatten die Rechnung ohne Wirt gemacht,
denn die ahnungslose Person, welcher der Jubel galt,
hegte keineswegs den Wunsch, diese verdrehte Zeit,
jemals wieder zu betreten.
Wenn er es jedoch gewusst hätte?
So würde er getrieben von seiner Eitelkeit
und Geltungssucht, gewiss nicht auf seinen königlichen
Auftritt verzichten.
Gespielt huldvoll, bescheiden abwinkend die Arme hebend
und senkend, als wäre er Gott persönlich.
So jedoch, konnte er die Lorbeeren seiner Wunderschöpfung,
die ihm zukamen, niemals genießen.
Noch immer wurstelte er, wenn auch bisweilen recht
missmutig an seinem Lebenswerk.
Doch sein mühsam erarbeitetes Lebenswerk nutzte nicht
ihm, sondern den undankbaren Überkandidelten,
an ihr Luxusleben Gewöhnten.
Sie würden ihr protziges Leben bedenkenlos immer so weiter
führen bis an der Welten Ende.
Denn keiner verschwendete auch nur einen Gedanken an
die erschöpfenden Mühen und Plagen ihres Helden, dem
Giganten und Superhirn, der sich nun statt ihnen, mit der
verseuchten Luft abfinden musste und sich mit Husten
plagte, dachte er bedrückt. Denn der Mief und die Hitze
der neuen Verbrennungsanlage, verstärkte zusätzlich die
Lebensbedingungen um ihn.
Doch hoch oben in der fernen Zeit, wurde die Luft täglich
erträglicher und reiner und lockte die Bewohner ins Freie.
Gartenpartys mit großen Lagerfeuern, waren wieder voll
im Trend.

Der Himmel brennt nicht mehr, dachte Frank, in Melancholie
versunken, doch mein Engel kommt nicht wieder. Sie in den
Zeiten, derer es so viele gibt zu suchen, wäre unmöglich.
„Ach, es hätte so schön sein können mit uns", seufzte er
versonnen, während er sich auf den Weg zu seiner neuen
Gespielin machte.

Den Blick verloren in die Höhe gerichtet. Denn in seinem
Kopf war die ferne Zukunft hoch oben über ihm.
Welche Zeit würde ich wählen, wenn... Er wusste,
es würde nun so weit sein.
Die Welt wird stillstehen und aufatmen an diesem Tag.
Der Gestank hier widerte ihn an, das atmen wurde zur Qual.
Schon lange schützte er sich mit einer Gesichtsmaske.
Der verstümmelte Berg, die geschundene Natur
rebelliert.
Sollte das ein Aufschrei sein? Doch sie verstummte.
Kein munterer Vogelgesang weckt mich mehr...
Das Laub wird gelb, mitten im Sommer und flattert wie
Schmetterlinge hinab.
Doch Schmetterlinge, Vögel und Bienen sucht man
vergebens
Nun müssten im Gegenzug auch hier Klimaanlagen
gebaut werden. Der Wahnsinn würde kein Ende nehmen.
Nein – ohne mich.
Ich habe ein vorzügliches Angebot zur Raumfahrt
als Ingenieur.
Sie stellen gerade ein neues Team für eine neue
Forschungsreihe zusammen. Eine neue Supernova ist
entdeckt.

Ein Stern außerhalb unseres Sonnensystems,
90 Lichtjahre entfernt.
Es gilt, aus 90 Lichtjahren, eines zu zaubern, diese
Geschwindigkeit im All herzustellen ist ohne jegliche Gefahr,
die Raumfahrer bemerken nichts davon im All.
Eine neue Herausforderung. Mit der Macht Robbys, immense
Zeiten zu überspringen und „Seinem Genius", sollte das
gelingen.
Doch diese Gedankenspiele verwarf er sogleich wieder.
Sollen die anderen nur forschen und sich plagen.

Mein Gott, es kann doch nicht ewig so weitergehen.
Bin ich der Müllmann der ganzen Welt?
Ich will nicht ewig nur ein Diener, ein belächelter
Samariter und Putzmann sein.
Ich will leben, frei und ohne selbst auferlegte Sorgen – leben
mit „Ihr."
„Was trage ich die Last der ganzen Welt auf meinen
Schultern.
Ich bin so müde des ewigen Kampfes in der falschen
Zeit," klagte er dem schweigsamen Robby - dem
Zeitenlenker, der machtlos, verdrossen dem
unheimlichen Getöse zuschaute.
„Ach Robby mein Freund, du erscheinst mir so...
Mir will es scheinen, als würdest du glühen vor Zorn und
Ohnmacht.
Auch deine Zeit ist augenscheinlich abgelaufen.
So geleite mich ein letztes Mal. Bring mich heim,
wenn du noch kannst.
Denn auch meine Reise durch die Zeit ist zu ende.

Ich sehne mich nach Ruhe und einem friedlichen,
sorgenfreien Leben, nach den vielen Jahren der
Aufopferung, als Weltverbesserer.
Was hat es mir letztendlich selbst eingebracht?"
Alles schien ihm heute anders, als sonst, trotz des
ratternden Maschinenlärms glaubte er, noch andere
seltsame Geräusche zu vernehmen.
Es war wie ein Grollen im Felsgestein tief im Berge.
Doch er schrieb es seinen aufgewühlten Nerven zu - Robby
randaliert.
Er will endlich wieder seine Ruhe haben, dachte er, leicht
belustigt.
So soll es denn sein.

Noch heute Abend, werde ich sämtliche Apparate
und Maschinen ausschalten und morgen werde ich für
immer diese Zeit verlassen.
Oh – je, ich weis nicht mal, ob der Zeitkanal noch
funktioniert, denn Robby scheint mir verstört.
Das jedoch wäre kein großes Problem, das würde ich schon
wieder hinkriegen.
Doch wohin soll ich gehen? Wo ist meine Heimat – wo eine
liebende Frau auf mich wartet.
Oh ich wüsste schon Eine. Doch ich fürchte, es ist zu spät,
ich werde sie nicht mehr finden.
Sein Endschluss stand fest.
Als er den Hang hinab stolperte, war ihm, als bewegte
sich der Berg, als Zeichen seines Unmuts der brutalen
Vergewaltigung, die man ihm angetan hatte.

Aber bewegte er sich nicht wirklich? Rumorte
und erschütterte er nicht in seinen Grundmauern, als wenn
er auseinander brechen wollte?
Erschrocken wendete er sich um und hob den Blick in die
Höhe.
Bei Gott, sein Berg, sein vertrauter Kumpel - Helfer in allen
Lebenslagen, barst auseinander.
Entsetzt sah er die ersten Felsstücke hinan stürzen.
Panisch robbte er den Berg empor, nicht achtend der
fallenden Felsbrocken.
Er musste die rettende Höhle erreichen.
„Robby, so rette mich doch, nimm mich auf – schütze mich,"
brüllte er außer Atem.
Mit viel Getöse spaltete sich donnernd und krachend der
obere Teil des Berges, der in Wahrheit ein riesiges,
versteinertes Raumschiff war.
Eine fürchterliche Explosion erschütterte das Felsmassiv.
Fassungslos starrte er auf die bebende Höhle, die sein
Überleben bedeutete und nun sein Leben beenden
sollte.
Er ahnte, was jetzt geschehen würde.
„Robby verlass mich nicht so hinterhältig. Nimm mich mit in
die unendliche Weite dort oben. Ich habe schon alles erlebt
auf Erden," rief er verzweifelt.
Feuer fraß sich den Berg empor und führte zu weiteren
Explosionen unter der Höhle und entlud sich fauchend,
zischend, Feuer spuckend, mit einem ohrenbetäubenden
Donnerschlag, als würde die Erde aufreißen.
Ein Erdbeben erschütterte und begrub das ganze Tal am
Berge.

Durch die Explosion, abgespalten und freigesetzt von der
Hitze und Kraft des Feuers angetrieben, erhob sich das
Raumschiff mit dem großen Tor – der Höhlenöffnung,
die nun verschlossen war und schoss ins All.
Benommen – wahnsinnig vor Entsetzen, vernahm er eine
grollende Stimme über sich, aus dem Nichts, die alles
übertönte: „Willst du dich noch immer mit mir messen,
Erdling, wer von uns beiden ist Gott."
Alles Leben im Tal war ausgelöscht, keiner konnte Zeugnis
geben, was an diesem unseligen Tag, mit dem einsamen
Mann im Berge geschah.
Wurde er von den herabstürzenden Felsen verschüttet
und zermalmt oder hatte er noch rechtzeitig die rettende
Höhle erreicht?
Gleichwohl war sein Leben auf diesem, unseren Planeten
ausgelöscht. Oder nicht?
Weit – weit in der Tiefe der Zeit.

Kapitel 14: Der letzte Weg

Auf meinem einsamen Weg zurück in die Zukunft, versuchte
ich nicht zu denken, was mich erwarten und sein würde,
doch die Gedanken brachen sich Bahn,
Ich hatte ihn, meinen Gatten, zutiefst gekränkt und verletzt.
Mag er mich in seinem gekränkten Stolz verdammen
und abweisen.
So soll er mich beschimpfen und erniedrigen, alles
nehme ich in Kauf, wenn er nur da ist. Doch wo sollte er
sonst sein.
Dort ist auch mein zu hause.
In irgendeinem verborgenen Winkel seines Herzen ist
gewiss noch ein glimmendes Fünkchen der großen Liebe
geblieben
und wird neu erglühen, so wie bei mir.
Wie immer würde er mir letztendlich meine Abwege
verzeihen.
Ein paar Jahre in Frieden seien uns noch gegönnt.
Jetzt war ich geläutert, die letzten Jahre hatten mich
demütig werden lassen. Keine verrückten Abenteuer
mehr.
Einfach nur den Lebensabend mit dem Gefährten, mit dem
man alt geworden ist, in aller Beschaulichkeit, ohne Stress
und Sorgen genießen.

Wie alt mag er wohl indessen sein, wenn er nicht mehr die
Vorzüge des Verjüngens genutzt hatte?

Achtzig Jahre, oder noch viel mehr an Jahren.
Ich hingegen erschien kaum älter als Mitte fünfzig.
Oh, das ist nicht gut!
Ach das ist alles unrelevant, wenn er nur...
Ich hatte nichts mitgenommen, aus der Zeit, die ich nie
wieder betreten würde. Nur mein kleines rotes Büchlein mit
meinen letzten Aufzeichnungen der letzten Jahre, welches
sich wie ein utopischer Abenteuer - Fiction lesen ließ,
trug ich bei mir.
Ich werde es neben der Höhle im Berg, in der winzigen Luke,
von der keiner wusste, verbergen, nachdem ich meine wirren
Gedanken, bis zu diesem Moment hinzu gefügt habe.
So möge es irgendwann ein neugierige Hobbyforscher
finden und in seinem Eifer und seiner Wissbegier, allerlei
Vermutungen anstellen.

Nun drängte es sie, ihren Weg zu vollenden.
Endlich hatte sie ihr Ziel erreicht. Gedankenversunken,
stand sie vor der Höhle, dem Zeitkanal.
Nur ein paar Schritte noch und dann?
Zuversichtlich passiere sie das Zeitentor und schaute ins Tal
hinab.
Was sie jetzt sah, traf sie völlig unerwartet, erschütterte sie
und warf sie um.
Keuchend vor Entsetzen, registrierte sie: Ihr Haus gab es
nicht mehr. Oder war es nur eine Sinnestäuschung?
Verwirrt beschleunigte sie ihre Schritte.
Ein altes Männlein verweilte kopfschüttelnd in einer

wüsten Baustelle, zwischen Schutthaufen
und verrosteten Baumaschinen.
Als er sie erblickte, stutzte er und betrachtete sie sinnend,
wie sie ungläubig, sprachlos vor Entsetzen, vor dem
Scherbenhaufen ihres Lebens kauerte.
„Ja das ist ein Drama, schöne Unbekannte. Sie sind
vermutlich eine nahe Verwandte," begann er zu
sprechen.
„Nun, das ist gewiss kein schöner Anblick, die stolze Villa,
nur noch als Schuttberg vorzufinden.
Der ehrenwerte Herr Doktor ist bald gestorben, nachdem
seine fesche Gattin ihn verlassen hat.
Man vermutete damals Selbstmord.
Nun ein Doktor hat ja viele Möglichkeiten sein Leben zu
beenden. Sein Diener folgte ihm auf dem Fuße in den
Tod.
Und der Sohn – der Wolfgang, ist nicht aus dem Krieg
heimgekehrt.
So konnte endlich das Haus abgerissen werden.
Denn in Kürze soll hier ein modernes Einkaufscenter
entstehen. Doch es tut sich nichts.
Ja, so ist eine ganze Sippe ausgestorben.
Nun können sie ihre Lieben nur noch auf dem Friedhof
besuchen, Madame.
Oh, sie sind ja ganz blass, kommen sie an meinen Arm,
ich werde sie stützen."

Alle waren gestorben – sie war allein, so unsagbar allein.
Doch so konnte und wollte sie nicht weiterleben, sie wollte

kein düster - schauriges Bild erstehen und sie erdrücken
lassen.

Nach dem ersten Schreck, fasste sie sich wieder, wischte ihre
Tränen fort.
Nichts ist endgültig, wenn man die Zeit wechseln kann.
Ein paar Jahre zurück nur gehen.
Das Zeitentor ist so nah, dachte sie und hob ehrfürchtig
den Blick zu dem steinernen Tor, oben im Berge.
Ihr schien, als bebte es.

„Sie erinnern mich an die junge Gräfin, die dem Doktor
davon gelaufen ist," sagte er mit einem fragenden Blick auf
sie.
„Aber die müsste ja jetzt schon weit über die siebzig sein,"
weiter kam er nicht.
Ein fürchterliches Krachen, ein Donner wie aus tausend
Kanonen, erschütterte den Boden.
Die Hölle tat sich auf und explodierte, spuckte
tonnenschwere Felsbrocken aus, die alles unter sich
begruben.

Mehr unter: www.meine-buch-ideen.de